“당신에게 찾아오는 기적 같은 이야기”

자기암시의 기적

에밀 쿠에 원작/박종익 편역

Long run 롱런

자기암시의 기적

에밀 쿠에 원작/박종익 편역

2017. 9. 20. 1쇄 발행

발행처: Long run **롱런**

발행인: 이규각

등록 번호: 제 384-2008-000039호

등록 일자: 2008. 12. 04.

우편 번호: 430-825

주소: 경기도 안양시 만안구 냉천로 29 - 1

전화: 010-2614-2727 / 017-291-2246 • 팩스: (031)477-2727

자기암시의 문을 열면서

우리의 마음속에는 치유의 항체가 있는데 그 어떤 치료제보다 강력한 힘이 있다. 그렇지만 그 실체는 아직 명확하게 밝혀진 것이 없다. 아마 의지와 별개로 생각·감정·행동을 지배하는 원천적인 힘(무의식)이 아닐까 생각된다. 그 힘은 잠을 잘 때에도 지속적으로 작동한다.

이런 작동을 어떤 사람들은 영혼이라고 말하고 어떤 사람들은 의식(의지)과는 다른 초자연적인 무의식 세계 즉, 잠재 의식이라 말한다. 그것은 우리가 '두뇌'로 알고 있는 것과는 다른 가상의 형태로 존재하는 것이다.

과학자들은 아직도 그 가상의 존재가 어디에 있는 것인지 밝혀

내지 못했다. 그렇다고 해도 그것은 분명 존재하며, 인류는 밝혀지지 않은 그것을 믿는다. 아마 기적을 믿는 것과 같다.

옛날 사람들은 그것을 '영혼'이라고 믿고 있으며, 일부 과학자들은 확실히 규명된 상태는 아니지만 뇌의 일부일 거라는 생각을 한다.

나는 그것을 '무의식'이라고 말한다. 그것은 인간 생명의 실재(實才) 즉, 영적인 실재와 같다고 본다. 생명이 다하는 날까지 잠들지 않고 절박한 상황이나 위기로부터 탈출을 위한 경고를 보낸다.

만일 자신이 이것을 잘 활용만 한다면 불가능한 일을 가능하게 할 기적을 체험하게 된다.

이 기적은 오래 전부터 시작되었다. 재물·명성·권력을 얻기 위한 수단으로 이용되었다. 또한 육체적인 병이나 정신적인 병의 치유를 위해 시술화되었다.

자기암시의 기적

암시의 힘을 믿고 자기가 뜻한 바를 반복적으로 암송하면 그것이 이루어진다.

그 위력이 대단하다. 위기 때마다 그 위기를 벗어나기 위한 처방은 실로 기적과 같은 상황을 연출한다.

잘 기억나지 않는 것을 영상(이미지)로 머리에 새기면 기대 이상의 상황을 실현하게 된다.
마음을 비운 상태에서 눈을 감고 허공을 바라본다. 그런 간단한 동작만으로도 예상치 않은 것들을 얻을 수 있다.
발명이나 창작 활동에 있어서 창의적인 행위는 잠재된 무의식(상상)의 세계에서 이루어진다는 사실 또한 잊어서는 안 된다.
자기암시를 위한 가장 확실한 방법은 마음의 그림(상상)을 그리고 그 생각을 움직여 가상의 상태를 완전하게 만들어 내는 일이다. 그런 상태에서 반복적인 자기암시를 하면 신기하게도 기적 같은 현상이 나타난다.
예술을 하는 사람들 대부분은 영감이라는 잠재 의식을 체험한다. 의식(의지)과 무의식(상상)이 잘 결합하면 인생의 꽃을 피울 수 있다. 다시 말해 성공을 할 수 있다는 말이다. 건강도 이와 마찬가지로 의식(의지)과 무의식(상상)이 잘 결합하면 질병을 치유할 수 있다.
그렇다면 우리가 어떻게 자기암시를 하고 그것을 상상으로 그려낼 수 있을까? 이것이 현실적인 과제가 된다.

'암시는 무의식을 깨우는 일이다.'

무의식을 깨우는 최상의 방법은 생각한 것을 암시하는 것이다. 이때 그것이 나에게 이롭거나 해롭거나 그것을 알았다면 이로운 쪽으로 거듭 상상을 되풀이하라, 그러면 자기 나름의 방법을 찾는다.

이와 같은 방법이 처음인 사람도 있을 것이다. 이 방법에 주제를 두고 끊임없이 노력하면 현실적인 기적이 일어난다.

'암시는 아이의 교육에도 분명 도움을 준다.'

매일 밤 아이가 잠들 무렵 아이 침실로 간다. 아이가 누워 있는 침대에서 1~2m 떨어진다. 그 상태에서 건강, 공부, 품행 등 아이에게 바라는 소원을 암시법으로 20회 정도 암송을 한다. 그런 다음 아이가 깨지 않도록 조심스럽게 방을 나온다. 이런 과정이 아이의 정서 발달에 도움을 준다.

아이가 잠이 들 때, 아이의 몸과 의식은 휴식을 취한다. 그러나 무의식은 잠들지 않고 깨어 있어서 부모의 암시를 그대로 받아들인다. 결국 암시에 걸린 아이는 부모가 소망하는 대로 의식이 형성된다.

옮긴이

에밀 쿠에의 일생 (1857~1926)

1857년(1세)

프랑스 트루와에서 1857년 2월 26일 철도 직원의 아들로 태어난 그는, 화학에 관심을 보였으나 가정 형편이 어려워 화학을 포기한다.

1882년(26세)

약사 자격증 취득. 고향인 트루와에서 제약사로 취업.

1885년(29세)

트루와의 작은 진료소에서 의사 리에보를 만나 인생의 전환점을 맞이한다.

1901년(45세)

위약 효과라 불리는 '플라시보 효과(Placebo Effect)' 발견. 의지(의식)와 상상(무의식)을 다루는 암시법 시행.

1910년(54세)

낭시에 시술소를 차림. 낭시응용심리학학회 창립을 계기로 유럽 각지에서 강연.

1920년(64세)

"나는 날마다 모든 면에서 점점 좋아지고 있다."라는 자기암시법 도입.

1923년(67세)

미국에서의 첫 강연이 큰 반향을 불러일으킴. 저서 「암시와 자기암시의 수행법」 출간.

1926년(70세)

1926년 7월 2일 낭시에서 급성 폐렴으로 생을 마감함. (쿠에의 암시법이 프랑스에서는 외면당했지만, 유럽 각지와 미국에서 계속 실행됨.)

📖 1부

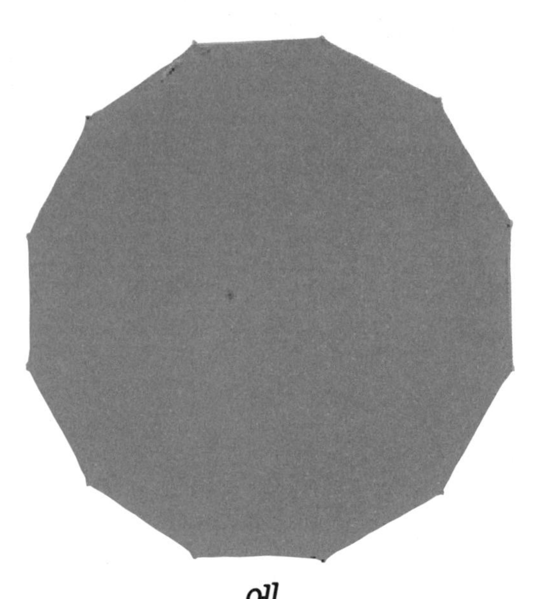

에밀 쿠에 씨를 생각하면서

에밀 쿠에의 자기암시

에밀 쿠에 씨를 생각하면서

에밀 쿠에 씨(1857~1926)는 벗겨진 이마와 숱이 적은 백발의 머리에 작은 체구이지만 몸은 야무지다.

깔끔하게 다듬어진 짧은 흰 수염과 백발이 인상적이다. 언제나 그의 웃는 모습을 보면 천진난만한 어린아이 같다는 생각이 든다.

눈을 보면 일상의 삶을 사랑하는 따스함이 느껴진다. 그래서 그런지 얼굴은 명랑하면서도 친절한 인상을 준다.

쿠에 씨는 작은 눈으로 무언가를 관찰한다. 그때 눈가에 장난스런 주름이 생기는데, 그가 눈을 감고 집중하는 순간만큼은 고상함이 느껴질 정도다.

쿠에 씨의 강연은 쉽고 활력이 있어 많은 사람들에게 용기를 준다. 쿠에 씨는 일상의 것들을 예시삼아 쉽게 설명하기 때문에 알아듣기 쉽다. 또한 거만하지 않고 겸손하기 때문에 어떤 사람이든 도울 준비가 되어 있는 듯하다.

쿠에 씨를 만난 사람들이라면 그런 인상을 받았을 것이다. 많은 사람들이 그를 보기 위해 찾아왔다. 세상에 그만큼 가깝게 느껴지는 사람도, 쉽게 다가설 수 있는 사람도 드물다.

쿠에 씨는 많은 사람들이 알고 있지만 특히 영국과 미국에서 자수성가한 것으로 더 잘 알려졌다. 그는 가난한 환경에서 자랐지만 누구보다 남을 자기처럼 사랑했다.

쿠에 씨는 1857년 2월 26일 트루와에서 태어났다. 그는 아버지가 철도원인 서민 가정에서 자랐다.

쿠에 씨는 어릴 적부터 과학에 재능을 보였다. 과학의 꿈을 품고 성장한 그는, 꿈을 이루기 위해 스스로 과학 학교를 선택했다.

그는 첫해에 떨어지고 재수를 하는 과정에서 어려움도 있었지만 마침내 몽메디로 학교에 합격했다. 합격한 그는 아버지가 근무하는 기차를 타고 학교를 다녔다.

쿠에 씨는 학교를 다니는 동안 시골 풍경을 보면서 생활했을 것이다. 아버지가 철도원이었기 때문에 남프랑스를 오가는 동안 전형적인 생활에 익숙하지 않았을까?

서민들은 순박하고 친절하다. 그 어떤 특별한 꿈도 기대도 없는 오르지 그날그날의 생계에 몸을 바치는 부지런한 노동자들이다. 그렇게 그들은 착하고 정직한 서민들이다. 이런 생활을 보고 자란 쿠에 씨는 명성을 얻은 뒤에도 지난날의 겸손함과 소박함을 잃지 않았다.

학교에 들어간 쿠에 씨는 화학을 전공하기로 마음먹었다. 그러나 학업을 지속하기에는 가정 형편상 불가능했다.

아버지는 아들에게 생계비를 벌어야 한다고 말했다. 그 말을 들은 쿠에 씨는 돈이 안 되는 화학 공부를 할지, 돈이 되는 약학 공부를 할지 고민을 거듭했다. 결국 쿠에 씨는 현실적인 약학 공부를 선택했다.

아버지의 뜻에 따라 젊은 쿠에 씨는 트루와 약국의 약사로 일을 했다. 일을 하는 동안 순수 화학을 공부하고 싶었지만 전공 교재나 실험 도구가 턱없이 부족해 결국 약사로 머무를 수밖에 없었다. 그런 현실에서 쿠에 씨는 고가의 장비가 필요 없는 다른 화학 분야로 눈길을 돌렸다.

쿠에 씨는 생각했다. 생각만으로도 실천할 수 있는 실험실 즉 '사고와 행동을 통한 화학' 쪽을 선택했다.

쿠에 씨는 과학으로 증명이 안 되는 '증명할 수 없는 화학'을 심리학적 표현으로 시도했다. 이것은 쿠에 심리학의 특정 부분을 이해하는 데 필요하므로 기억해 둘 만하다.

그는 물질이 일정한 방향으로 운동한다는 것을 알고 난 다음부터 정신 상태도 물질과 원자의 방식을 인용해서 표현했다.

그가 주장하는 '의식(意識: 깨어 있는 상태)' '상상(想像: 없는 것을 재생하는 마음의 작용)' '의지력(意志力: 실행하려는 적극인 힘)' 등은

독립된 요소로써 결합하고 반응한다. 이것은 당시의 심리학적 경향인 연속성의 개념과 성질이 다르다.

쿠에 씨의 심리학은 이론적으로 단순했기 때문에 지식인들 사이에서는 인정을 받지 못했다. 이런 현실 앞에서도 그는 자기의 주장을 굽히지 않았다.

그가 외과의 이론을 경시하고 화학에 관심을 보이는 것은 화학이 과학적이라는 사실이다.

쿠에 씨는 여가 시간을 이용해 몇 개의 머리 모양을 조각했다. 조각품은 직접 손으로 만든다. 정신적 문제를 다루는 방법도 이처럼 진흙을 붙여 가며 설명했다.

그는 인간의 몸을 조각품처럼 조형할 수 있는 기술을 터득했다. 심리학 분야에서는 매우 독창적인 일이다.

쿠에 씨는 1885년 스물여덟 살이 되던 해에 트루와의 작은 진료소에서 리에보 씨를 처음 만난다. 그것이 그에게 일생을 결정할 만한 전환점이 되었다.

두 사람은 누구보다 마음이 잘 통했다. 시골 의사인 리에보 씨는 오만하지 않고 겸손한 사람으로 천재적 소양을 지녔다. 그런 그가 쿠에 씨에게 최초로 암시의 개념을 구체적으로 설명한 것은 물론 암시의 기적을 시현했다.

리에보 씨는 낭시에 진료소를 개업했다. 여기서 쿠에 씨는 베른하임과 여러 이론가를 만난다. 이들을 통하여 그의 사상은 전세계로 전파되었다. 이제 쿠에 씨는 명성을 얻었다. 명성을 얻은 그가 전세계를 돌아다니지 않아도 그의 품성을 익히 알고 많은 사람들이 먼저 찾아왔다.

처음에는 인근의 사람이 찾아오더니, 멀리 영국에서도 쿠에 씨를 보기 위해 낭시를 찾았다. 정직하고 순박한 그는 이런 일들을 보고 놀랐다. 그 뒤로 그의 사상이 유럽으로 급속히 전파되었다.

리에보 씨의 실험 조교로 있던 쿠에 씨는 실습을 마친 뒤 최면 암시를 본격적으로 실행에 옮겨 효과를 보았다. 하지만 의사 리에보의 방식이 모호해서 실험은 큰 진전을 보지 못했다. 그의 말에 의하면 방법이 부족했다는 것이다.

쿠에 씨는 직접 만지고 다루는 실험을 하지 않으면 그 실체를 알 수 없다고 생각했다. 그런 상황에서 난해한 실험은 그의 마음을 불편하게 했다.

그런 그가 실험을 통한 실질적인 방법으로 재능을 발휘하기 시작했다. 그의 재능에 앞서서 관찰은 최우선적인 것이다. 만약 당신이 사전 연습을 하지 않고도 자기의 두상을 관찰하고 조형하는 재능을 발견했다면 그것은 정말 훌륭한 일이다.

그는 일상적인 관찰을 통하여 함축적인 원리를 발견했다. 이 점이 주는 교훈은 일상의 관찰이 과학의 토대가 된다는 사실이다. 이런 과정에서 나타나는 그의 재능과 능력의 가치를 무시해서는 안 된다. 다른 과정에서의 방법도 참고해야겠지만 관찰이라는 것은 무엇과도 대체할 수 없다.

우리가 학교에서 배우는 과학은 다분히 학문적이다. 그런 교육은 사고하는 방법을 어느 정도 향상시키겠지만 관찰하는 방법을 향상시키는 것은 아니다. 즉, 이론적이라는 말이다.

인간의 실용적인 면을 외면하고 지적인 면만을 강조하다 보면 관찰의 재능이 위태로워진다. 그래서 새롭게 만들어진 학교에서는 교사들이 손수 손으로 만드는 교육과 관찰하는 교육을 병행했다. 그것은 관찰이 지식의 중요한 기초가 되기 때문이다.

우리는 힘든 일이 닥쳐와도 그것을 고맙게 생각해야 한다. 삶을 사는 동안 그것을 통하여 많은 것을 배울 수 있기 때문이다. 쿠에 씨의 상황 역시도 마찬가지였다.

그는 그토록 하고 싶은 연구를 중도에 포기할 사정이 여러 번 있었다. 그런 현실이 대학에서 배우는 것 못지않게 훨씬 더 많은 것을 배우게 했다.

그의 과학은 속임수가 아닌 정당한 것이다. 자연스레 치유의 욕구를 충족하게 하는 일은 학문적인 지식을 뽐내는 겉치레 지식인들과 다른 차원의 기쁨이 된다.

쿠에 씨는 순수한 열정으로 관찰을 했고, 힘든 상황이 다가와도 끝없는 관찰을 지속했다. 같은 시술 조건에서의 처방과 변화, 위약 효과(僞藥 效果), 즉 플라시보(placebo)에 의한 심리 효과(질병과 직접 관련이 없는 약을 주고 관련이 있는 것처럼 속여 환자의 병을 치유하는 심리 효과), 등은 관찰자 쿠에 씨에게 있어 큰 의미가 있었다. 어린 시절부터 습관화된 그의 관찰 본능은 마침내 무의식 속에서의 '자기암시' 라는 논문으로 탄생했다.

당시 시장 원리가 성행하는 미국에서는 낭시 학교의 사상이 많은 인기를 끌었다. 인기에 편승한 흥미롭지 않은 논문들이 마구 쏟아졌다.

쿠에 씨는 그 논문들을 보고서 쉽게 지나칠 수 없는 사소한 것들 찾기 시작했다. 그리고 사소한 것에서 핵심적인 원리를 찾았다.

미국에서 발표된 어느 논문이 난해하다는 평을 받자, 쿠에 씨는 그 원인을 찾기로 결심했다. 원인을 찾던 중 핵심적인 실험의 결과를 발견했다. 의사 리에보와 만난 이후로 알고자 했던 기초 원리를 그는 그때 알았다고 확신한다.

이 무렵이 1901년이다. 그는 연구한 것을 순서대로 진행하면서 환자에게 최면을 걸었다. 즉 최면술을 쓴 것이다.

이러한 개념은 수년 동안 축적된 결과물이다. 예상 밖의 결과는 최면을 건 시술자와 최면에 걸린 피시술자의 '상상' 이 서로 갈등할 때 일어난다.

치료 효과는 최면을 건 시술자와 최면에 걸린 피시술자의 상상이 일치할 때 극대화된다.

치료에서의 행위나 일상 속에서의 행위는 끊임없는 갈등과 실패의 연속이다. 이것을 우리는 순응하는 것이 아닌가? 즉, 어쩔 수 없다는 그런 상상보다 좋아질 수 있다는 상상이 치료에 도움이 된다.

여기서 쿠에 씨의 사상 두 가지를 살펴보자.

첫 번째는 우리가 일반적으로 알고 있는 '상상(무의식)'과 '의지'의 작용이다. 상상(무의식)과 의지의 작용은 순응의 정도에 따라 훨씬 더 강력하며 예측이 불가능하다.

암시 작용은 암시를 거는 시술자가 아니라 순전히 피시술자의 상상에서 시작된다. 이런 경우 암시나 최면을 걸 때 대부분의 시술자들은 크게 요동치는 피시술자의 갈등을 목격하게 된다. 상상(무의식)과 의지가 갈등하는 것이다. 그러나 의지는 상상(무의식)을 못 이긴다.

두 번째 는 쿠에 씨의 핵심적인 개념으로 크게 결실을 맺었다. 그는 이 개념을 연구하여 법칙을 만들었다. 연구한 결과에 따르면 의지(의식)는 상상(무의식) 앞에서 힘도 쓰지 못한다. 힘을 쓰면 쓸수록 더 최악의 결과를 가져온다.

자전거를 처음 배우는 사람이 있다. 그 사람은 작은 돌만 보아도 피하려 한다. 그러다 결국 그 돌에 걸려 넘어지고 만다.

웃지 않으려고 웃음을 참는 사람이 있다. 이때 웃음을 참으려고 노력한들 그 웃음은 터지게 마련이다. 아니, 노력하면 할수록 그 웃음은 더 크게 터진다.

이러한 법칙은 무의식과 의식의 차이에서 큰 갈등으로 나타난다. 승자는 언제나 무의식이다. 암시의 힘이 강할 때 무의식은 따라온다. 이것이 암시의 효과이다.

피시술자의 상상에서 보다 효과적인 방법을 찾아낸 쿠에 씨는 최면술을 그만두고 피시술자 스스로 자기암시를 하도록 가르쳤다. 점점 그는 자신이 가르치는 이론이 맞다는 것을 증명해 보였다. 이러한 암시 결과는 예상을 뛰어넘은 것이다.

쿠에 씨는 암시가 우리 몸의 여러 기관에 영향을 끼친다고 확신했다. 이것은 암시 시술이 사마귀를 사라지게 했다는 로잔느 박사의 연구에서도 확인되었다.

쿠에 씨는 일상에서 많은 사실을 알아냈다. 일상에서 발견한 시술 방법을 통하여 수많은 사람들에게 건강과 기쁨을 주었다.

쿠에 씨는 언제나 같은 방법으로 시술을 했다. 그러자 많은 사람들은 비난을 퍼붓기에 이르렀다. 그렇다 해도 그가 변신을 해야 하는지는 의문이다. 또, 그의 변신이 바람직한 결과를 낳을지 의문이다.

그에게는 확고한 생각이 있다. 첫 번째는 집중의 가치이다. 하나의 생각이 발전하여 암시의 힘이 된다는 것이다. 두 번째는 암시의 실행을 위해서는 단조로운 방법으로 끊임없이 생각을 반복해야 한다는 것이다.

여기서 로마의 장군이자 정치가인 카토를 예로 들어보자. 그는 하루도 거르지 않고 호민관에서 "카르타고는 멸망해야 한다."고 큰소리로 외쳤다. 그리고 결국 끈질기게 버티던 카르타고를 무너

뜨렸다. 이와 같은 생각이 힘이 된 것도 사실이다.

쿠에 씨의 방식이 꼭 관철되는 것은 아니다. 그럼에도 불구하고 쿠에 씨는 인기가 대단했다. 종종 그의 성공을 비난하는 사람들도 있다. 그런 사람들은 쇼나 돌팔이를 구경하는 것 같다고 생각한다. 그러나 그의 성과를 인정한다면 어느 정도는 오해나 편견을 버릴 것이다.

쿠에 씨를 오해해서는 안 된다. 만일 예수가 가난한 사람들을 이끌고 마을을 지나갔다고 가정하자. 그때 지배자나 귀족들이 그것을 보았다면 인상을 쓰면서 '사기꾼'이라고 외쳤을 것이다. 쿠에 씨도 마찬가지이다.

그는 모두를 기쁘게 할 수 없다는 것쯤은 잘 안다. 어떤 사람들은 그가 청중들에게 호감이 가는 말만 했으면 할 것이다. 하지만 그를 있는 그대로 받아들이는 것이 좋다. 세상과 타협하지 않는 그는 흙 속의 다이아몬드이다. 원석과 같은 귀한 능력을 가진 사람이다.

쿠에 씨는 대중들이 어떻게 생각하든 그것이 큰 문제는 아니라고 생각한다.

그에게는 제자들이 있다. 특히 제자들 중에는 쿠에 씨의 영역이 아닌 곳에서 시술을 펼치고 있다.

바셋 의사, 프로스트 박사, 윌리엄은 낭시 학교에서 암시법을 공부했다. 그런 후 영국에서 개원을 하여 암시법 시술을 시작했다.

영국의 의료계에 있는 사람들이나 지식인들은 '쿠에이즘'이라는 신조어를 만들어 그의 독창성을 인정했다.

그러나 쿠에 씨가 태어난 프랑스나 다른 지방에서는 쿠에 씨의 시술을 인정하지 않았다. 이들은 시술 자체가 불합리하다고 생각했다. 그렇다고 해도 쿠에의 사상을 더 이상 무시할 수 없게 되자,

"다 인정합니다. 하지만 예전에도 그런 것이 있었습니다. 그런 것이 암시라는 이름으로 알려진 것에 불과합니다."

제임스 씨의 말에 의하면 새로운 사고가 거쳐 가는 과정에는 두 가지 단계가 있다고 했다.

첫 번째 단계는 말도 되지 않는다고 여겨졌던 사고가 일상적으로 받아들여지는 경우이다. 그렇다면 두 번째 단계로, 이 단계를 넘어갈 만큼 사상이 성숙될까?

학계의 공식적인 반응은 그가 의사가 아니라서 인정할 수 없다는 것이다. 낭시 학교 출신의 의사들도 무시를 당하기는 마찬가지였다. 여기서 우리가 알아야 할 점은 낭시 학교의 이념인데, 그 이념은 의학 분야에만 국한된 것이 아니라는 사실이다. 낭시 학교는 교육과 윤리학, 심리학, 사회학 분야에도 새로운 방향을 제시했다.

인간의 마음을 연구하는 사람들이라면 자기들과 관련된 분야에 무관심할 수 없다. 성 바오로 대성당에서 연설한 E. W. 바네스 씨

의 설교를 예로 들지 않더라도 몇몇 성직자는 이런 관점을 잘 이해할 것이다. 몇몇 과학자들도 마찬가지이다.

이러한 태도는 전혀 놀랄 것이 못 된다. 비록 쿠에의 원리는 형이상학적인 문제로 중립적인 태도를 취하지만 정신이 신체에 반응한다는 점은 신앙과 맥락을 같이 한다고 해도 지나치지 않을 것이다.

쿠에 씨처럼 자기를 희생하고 봉사하는 사람은 드물다. 낭시의 기적보다 더한 것은 없다. 이런 그의 업적에 절로 고개를 숙이게 된다. 기적은 또 다른 기적으로 강렬하게 이어질 것이다.

제네바에서 샤를 보두앵

2부

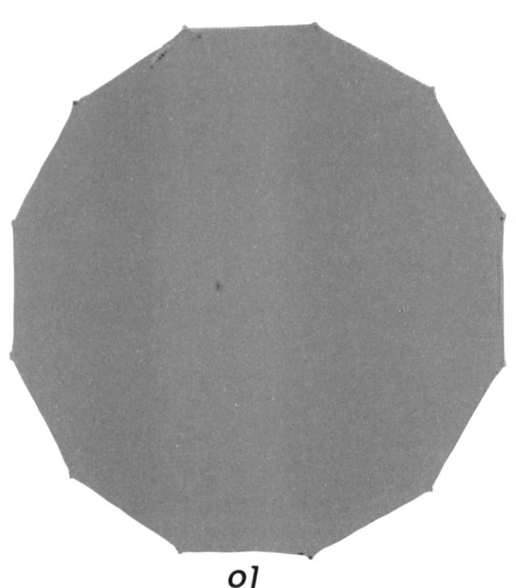

인류에게 주는 에밀 쿠에의 선물

에밀 쿠에의 자기암시

인류에게 주는 에밀 쿠에의 선물

저를 만나러 오는 사람들은 제가 남들보다 특별할 것이라는 상상을 합니다. 마법사처럼 특별한 능력으로 병을 낫게 하는 것이 아닌가 생각합니다. 그러나 저는 여러분이 상상하는 것만큼 특별한 사람이 아닙니다.

저는 특별하지 않습니다. 많은 사람들이 저를 치유자라 부르지만 그렇지도 않습니다. 마법사도 아닙니다. 저는 보통 사람입니다. 그저 정직한 사람일 뿐입니다.

저는 여러분을 치유하는 것이 아닙니다. 스스로 치유할 수 있도록 돕는 것입니다. 무엇을 할 수 있는지 가르치는 것입니다.

저는 항상 손쉽게 쓰는 도구이지만 그것을 모르는 사람들에게 그 도구의 사용 효과와 결과를 구체적으로 알려 주려 합니다. 바로 그 도구는 '자기암시' 입니다.

우리가 태어날 때부터 지니고 있는 '자기암시' 라는 도구는 밤낮을 가리지 않고 쓸 수 있습니다. 우리가 꿈을 꾸는 것도 '자기암시' 의 결과입니다.

일상에서 무심코 이루어지는 말과 행동은 암시라는 도구를 통해 무의식을 움직입니다.

제가 자주 쓰는 사례를 들려주겠습니다.

갓 태어난 아기가 요람에 누워 있습니다. 그 아기는 갑자기 응애응애 울었습니다. 부모는 요람에서 아기를 들어내어 안아 줍니다. 아기는 울음을 그칩니다. 부모는 아기를 얼러서 요람에 눕힙니다. 그러자 아기는 또다시 웁니다. 부모는 재차 아기를 요람에서 들어내어 안아 줍니다. 아기는 다시 울음을 그칩니다.

아기는 부모에게 무의적으로 암시를 거는 거죠. 이런 암시는 대부분 성공합니다. 부모는 아기의 암시에 걸려서 좋든 싫든 아기가 울 때마다 안아 줍니다. 그러면 1년 내내 아기를 안고 살아야 할 겁니다. 아기는 무의식중에 '요람에서 나가고 싶을 때마다 응애응애' 하고 웁니다. 그렇지 않나요?

반대의 경우를 생각해 봅시다. 부모가 아기의 울음에 대응하는 시간을 1분, 15분, 30분, 1시간……. 이렇게 시간을 점차 늘리면 아기는 울어도 소용없다는 것을 압니다. 결국 울지 않게 됩니다.

자기암시는 우리가 살아 있는 동안 무의식중에 쓰는 도구입니다. 잘만 쓰면 많은 혜택을 받습니다. 잘못 쓰면 불행이 따르기도 합니다. 마치 잘 쓰면 약이요, 못 쓰면 독이 되는 것과 같습니다.

제가 하는 일은 이 도구를 어떻게 써야 하는지를 가르쳐 주는 것입니다. 위험한 도구라도 잘 알고 쓴다면 위험하지 않습니다. 위험하다는 것을 모를 때 위험은 무서운 것입니다. 그것을 의식하고 있다면 위험하지 않습니다.

사실 이 방법은 너무나 간단해서 놀랄 만한 효과를 의심할 정도입니다.

만일 우리가 슬픔에 잠겨 있다. 신체의 기능이 좋지 않아 온몸이 아프다. 그럴 때에는 슬픈 생각을 버리고 즐거운 생각을 하세요. 신체 기능은 점점 회복된다. 아픈 부위는 통증이 사라진다. 이처럼 상상을 하면 실제로 그렇게 됩니다. 모든 것이 생각대로 됩니다.

걱정 때문에 울고 싶다는 생각이 들면 걱정이 더욱 커져서 눈물이 납니다. 만찬에 초대받은 날, 두통이 생길 거라고 상상하면 그 날 분명히 두통이 생기게 됩니다. 초대받은 날이 월요일이면 월요일에 두통이 생기게 됩니다. 약속한 날이 목요일이면 목요일에 두통이 생기게 됩니다.

만일 '눈이 잘 안 보인다. 귀가 잘 안 들린다. 마비가 된다.' 라고 생각하면 실제로 눈이 잘 안 보이고, 귀가 잘 안 들리고, 마비 증상이 옵니다.

모든 청각 장애나 시각 장애 혹은 마미 환자들이 그런 생각 때문에 질병을 얻는 것은 아니지만 그런 생각이 실제로 영향을 줍니다.

마비 증세가 있었던 한 여성을 예로 들어볼까 합니다. 제가 파리에 있을 때 마비 증세가 있는 한 여성이 시술소를 방문했습니다. 그녀는 오른쪽 부분을 조금도 움직이지 못했습니다. 시술을 받은 뒤 그녀는 얼마 지나지 않아 오른팔과 오른쪽 다리를 움직이며 걸었습니다. 사람들은 기적이라고 생각했지만, 기적이 아니라는 것을 쉽게 설명해 주었습니다. 그녀는 뇌졸중(腦卒中)에 의한 급격한 혈액 순환 장애가 있었던 것입니다.

당시 마비 증세는 혈액 순환 장애가 개선되면서 점차 사라졌습니다. 이 여성은 스스로 '나는 마비되었다.' 라고 생각했기 때문에 마비 상태가 지속된 것입니다. 저는 원하는 대로 움직일 수 있다고 그녀를 설득했습니다. 그녀는 거짓말처럼 움직일 수 있게 되었습니다.

이렇게 우리는 우리가 상상한 대로 가능한 선에서 현실이 됩니다. 인간의 특성 중에서 최고인 것은 의지(의식)가 아니라 상상(무의식)입니다. 거듭 말하지만 이 점이 제 이론과 다른 이론의 차이점입니다. 저는 여러 요법들 중에서 실패한 사례를 거울삼아 오히려 좋은 결과를 얻을 수 있었습니다.

의지(의식)와 상상(무의식)이 부딪칠 적마다. 상상(무의식)은 언제나 이깁니다. 예외는 없습니다. 상상(무의식)은 의지(의식)와 부딪칠 적마다 의지(의식)를 꺾고 이깁니다.

상상(무의식)은 인간이 가지고 태어난 가장 뛰어난 능력입니다. 상상, 즉 무의식이 우리를 어떻게 관리하고 조종하는지를 알면 우리 스스로가 그것을 다룰 수 있게 됩니다. 그 다루는 법을 배우고 익혀 그것을 스스로 다룰 수 있어야 합니다.

대부분 농사를 짓는 사람은 경작법을 배우고 익혀야 결실이 가능해집니다. 그러지 않으면 씨를 뿌릴 때부터 문제가 생기고 문제가 생기면 농사를 망치게 됩니다. 저도 농부와 같은 마음으로 피시술자를 대합니다.

저를 찾아온 사람들을 볼 때마다 경작할 상태가 아닌 땅이라고 생각합니다. 그래서 설명과 실험을 통하여 그 사실을 일깨웁니다. 땅을 잘 고르고 씨를 뿌립니다. 그러면 싹이 틉니다. 소통을 바탕으로 싹을 잘 키웁니다.

저는 모든 분과 일일이 상담을 못합니다. 그러니 책으로 대신 조언을 하는 겁니다.

자기암시는 매일 아침저녁으로 일어날 때와 잠자리에 들 때, 눈을 감고 조용히 자기암시 글귀를 스무 번씩 반복해서 암송합니다.

“나는 날마다 모든 면에서 점점 좋아지고 있다.”

원하는 것에 대하여 부분적인 암시는 필요가 없습니다. 그것은 '모든 면에서' 라는 말이 전체적인 암시가 되기 때문입니다. 암시는 의지(의식)를 버리고 상상(무의식)을 따라야 합니다.

기도를 할 때처럼 눈을 감고 조용히 자기암시 글귀를 암송합니다.

"나는 날마다 모든 면에서 점점 좋아지고 있다."

무의식은 "나는 날마다 모든 면에서 점점 좋아지고 있다."라는 글귀를 자연스럽게 받아들입니다.

우리는 지금까지 암시가 현실이 된다는 것을 알게 되었습니다. 이제 "나는 날마다 모든 면에서 점점 좋아지고 있다."라는 글귀를 암송하면 반드시 여러분은 모든 면에서 점점 좋아질 것입니다.

3부

의지와 상상의 자기암시

에밀 쿠에의 자기암시

의지와 상상의 자기암시

자기암시는 태고로부터 시작된 인류의 이야기며 현재도 진행 중에 있다. 그 이유는 인류가 지구에 출연한 시점부터 존재한다. 그러나 그 개념이 지금까지 올바르게 이해되지 않았고 연구도 소홀했다.

자기암시는 인간의 신비로운 능력이며 힘이다. 이 능력은 놓여 있는 여건에 따라 극과 극의 결과를 낳는다. 이 능력은 모두에게 있는데 그 가치는 무한하다. 특히 의료·교육·법 분야에 종사하는 사람들에게는 놀랄 만큼의 가치가 있다.

자기암시를 좋은 쪽으로 활용하면 심각한 피해를 예방할 수 있다. 육체적으로 건강해지는 것은 물론, 신경증 환자나 정신적인 고통을 받는 사람들에게도 큰 도움이 된다.

자기암시의 이해

암시 현상을 제대로 이해하려면 자기암시를 보다 명확하게 이해해야 한다.

우리의 마음속에는 서로 다른 두 가지 의식이 있다. 하나는 의식할 수 있는 상태의 의지이고 다른 하나는 의식할 수 없는 상태의 상상이다. 상상 즉, 무의식적 자아는 일상적으로 드러나지 않지만 문제가 되는 특정한 현상이 나타날 때에는 분명히 드러난다.

그럼 두 가지 예를 살펴보자.

🗁 몽유병은 누구나 알고 있는 질병이다. 몽유병 환자는 잠든 상태에서 자신도 모르는 행동을 하다가 잠이 든다. 그러다 잠에서 깨어나면 잠이 든 상태에서의 일을 기억하지 못한다. 그저 자신 스스로 놀랄 뿐이다. 그런데 그 일은 바로 자신이 한 일이다. 무의식적 자아가 아니라면 어떤 힘이 그렇게 그의 몸을 움직였을까?

🗁 술에 취해 일시적으로 섬망증(의식 장애 상태의 한 가지 증상)에 걸린 사람들은 마치 미친 사람처럼 칼이나, 망치 등을 집어 들고 휘두른다. 간혹 휘두르는 칼에 상처를 입기도 한다. 술이 깬 후 그는 그 끔찍한 짓을 자신이 했는지도 모른다. 이런 경우 그 불행한

결과는 무엇으로 설명할까? 무의식적 자아가 아니라면 설명할 수 없다.

의식적 자아(의지)는 대부분 현실적인 기억에 의존하지만 무의적인 자아(상상)는 별로 중요하지 않은 사소한 일까지 일일이 기록하고 기억한다. 무의식적 자아(상상)는 '판단'하지 않고 그대로 받아들인다. 육체의 모든 기능을 조종하는 뇌와 연결되어 있기 때문에 뜻밖의 현상들이 나타난다. 즉, 우리 신체의 어느 부위가 좋다거나 나쁘다거나, 혹은 그런 느낌을 받는다면, 그 신체 부위는 실제로 그렇게 기능한다는 것이다.

무의식적 자아(상상)는 행동도 지배한다. 이러한 무의식의 작용을 '상상'이라고 한다. 대부분의 사람들은 의지가 상상을 움직인다고 생각한다. 의지와 상상은 반대로 작용한다.

의지(의식)보다 상상(무의식)이 강하다

사전에 '의지'라는 단어를 찾으면 '사물을 깊이 생각하여 목적한 것을 실행하려는 적극적인 마음가짐 즉, 의식적인 내적 욕구.'라고 쓰여 있다. 이 뜻을 의심할 생각은 없다. 그렇지만 이것은 의식이 있다는 전제가 따른다. 만약 의식이 없는 상태에서 벌어지는 일은 어떻게 설명할 것인가? 그러므로 이처럼 단정적인 말은 무의미하다.

실제로도 '상상'은 '의지'를 밀어낸다. 상상이 이긴다는 말이다. 이 원리는 절대적이다.

"말도 안 돼! 그럴 리가!" 아니다 이것은 진실이다.

눈을 뜨고 주위에서 일어나는 일들을 살펴보면 내가 하는 말이 틀리지 않다는 것을 알게 된다. 이 말은 허튼소리가 아니다. 사실 그대로다.

이렇게 가정해 보자.

🗀 땅바닥에 폭이 30cm 길이가 10m인 널판자(널빤지)가 있다. 정상적인 사람이라면 널판자의 위를 쉽게 걸어갈 수 있을 것이다.

이번에는 조건을 바꿔서 널판자가 대성당의 높은 곳에 놓아졌다고 상상해 보자. 과연 누가 널판자 위를 걸어갈 수 있을까? 모르긴 해도 걷는 사람이 없을 것이다. 두 걸음도 내딛기 전에 다리가 후들거려서 결국 포기하거나 그렇지 않으면 도중에 떨어질 것이다.

왜, 널판자가 땅바닥에 있으면 걸을 수 있고, 높은 곳에 있으면 걸을 수 없을까? 전자의 경우는 걷기 쉽다 즉, 할 수 있다고 '상상' 하고, 후자의 경우는 할 수 없다고 '상상' 하기 때문이다.

앞으로 걸을 수 있겠다는 것은 당신의 의지이다. 그러므로 할 수 없다고 생각한다면 절대로 불가능하다.

🗀 지붕을 수리하는 목수가 높은 곳에서 일을 할 수 있는 이유는 '할 수 있다' 고 생각하기 때문이다.

현기증은 마음속으로 떨어지는 모습을 그리기 때문에 생기는 증상이다. 아무리 불안을 떨치려고 노력해도 상상은 곧 현실로 이어진다. 노력하면 할수록 바랐던 것과 반대의 결과가 따른다.

🗀 불면증으로 고통을 겪는 사람도 마찬가지이다. 잠을 자기 위해 애를 쓰지 않는다면 쉽게 잠이 든다. 그러나 잠을 자려고 애를 쓰면 쓴 만큼 잠들기가 어렵다.

🗁 당신은 어떤 사람의 이름을 깜박 잊었다. 그것을 기억하기 위해 애쓴 적이 있는가? 애쓰지 않고 그냥 '생각나겠지' 라고 마음을 편하게 먹으니 자연스레 이름이 떠올랐을 것이다.

🗁 처음 자전거를 배울 때를 떠올려 보자. 손잡이를 잡고 넘어질까 봐 겁을 낸다. 그러다 겨우 앞으로 가는 순간 장애물을 만난다. 이때 당황한 당신은 그 장애물을 피하기 위해 온갖 노력을 한다. 그러나 이내 장애물 쪽으로 돌진한다. 초보자라면 누구든 그런 경험이 있다.

🗁 웃음이 나올 때 웃음을 참으려고 애쓴다. 그러나 웃음을 참으려고 하면 할수록 웃음이 더 크게 터진다.

이런 상황에서 당신은 이런 생각을 한다.

의지(의식)	상상(무의식)
'떨어지고 싶지 않지만,	어쩔 수 없어.'
'잠을 자고 싶은데,	안 와.'
'이름을 떠올리고 싶은데,	안 나.'
'장애물을 피하고 싶지만,	할 수 없어.'
'웃음을 참고 싶은데,	안 돼.'

이처럼 갈등이 있는 상황에서 상상은 의지를 밀어낸다. 결국 상상대로 된다.

선봉에 서서 군대를 지휘하는 지휘관도 같은 원리가 적용된다.

"각자, 판단해서 공격하라!"고 명령을 내린다면 참패할 수밖에 없다. 왜, 그럴까?

그것은 지휘관이 명령을 내리기에 앞서 병사들이 각자의 공격이 아니라 전원 공격을 상상했기 때문이다. 상상과 다른 명령은 공격에 앞서 패배를 인정하는 것과 같다. (전원 공격이 아니면 패배할 거라는 상상)

어느 이야기책에 나온다. 이야기책에 나오는 한 악한은 선례를 그대로 따르는 습성이(상상이) 전염성보다 강하다는 사실과 그 결과를 훤히 꿰뚫고 있었다. 그 악한은 함께 배를 탄 상인에게 분풀이를 하려는 듯 자기가 가지고 있던 제일 큰 양 한 마리를 바다에 던져 버렸다. 그러자 상인들이 가지고 있던 양들도 악한의 양을 따라 바다로 뛰어들었다. 그 악한은 양들의 습성을 잘 알고 있었던 것이다.

인간도 양들과 습성이 비슷하다. 앞서서 한 행동이 맞다고 지레 짐작하여 그것을 선례로 삼아 따른다.

이 밖에도 다른 예들이 많지만, 이 정도로 하는 것이 독자들에게 예의인 것 같아 그만하도록 하겠다. 다시 한 번 강조하지만 상상이 의지보다 엄청난 힘이 있다는 사실은 분명하다.

알코올 중독자들은 술을 끊으려 해도 결국 끊지 못한다. 입버릇처럼 술은 지겹다고 말한다. 끊고 싶다고 말한다. 이런 의지와 다르게 유혹을 견디지 못하고 끝내 술독에 빠진다.

도벽증이 있는 사람들 중에는 자기도 모르게 죄를 짓는 경우가 있다. 왜 그런 짓을 했냐고 물으면 "나도 모르겠습니다. 뭔가 강력한 힘이 그렇게 하라고 시켰습니다." 이렇게 대답한다.

알코올 중독자나 도벽증이 있는 환자의 대답은 거짓이 아니다. 그들은 알 수 없는 힘에 밀려 그런 짓을 한 것이다. 다시 말해 자기의 짓을 막을 수 없다고 '상상' 한 것이다.

사람들은 당연하다는 듯이 의지가 모든 것을 해결할 수 있다고 믿는다. 그러나 현실적으로 의지(의식)는 상상(무의식)에 끌려 다닐 뿐이다. 상상을 다루는 법, 그것을 알면 의지의 조종자가 상상이라는 것을 깨닫게 되고 의지의 그늘에서 벗어날 수 있다.

상상의 자기암시와 암시

상상이란 육지로 빠져 나오려고 아무리 애를 써도 결국 빠져 나오지 못하는 급류와 같은 느낌이다. 그런 급류를 그대로 흘려 보내면 아무런 가치가 없다. 이런 가치가 없는 급류도 물길을 발전소로 돌리면 생활에 유익한 에너지로 탈바꿈된다.

위에서 비유한 것이 충분하지 않다면, 이런 비유는 어떨까? 상상은 집에 가두어 둔 미치광이다. 고삐 풀린 야생마와 같다. 이 말을 탄 기수는 그저 말이 달리는 대로 갈 수밖에 없다. 제멋대로 달리던 말은 결국 수렁에 빠져 허둥지둥 댈 것이다. 그러나 고삐를 잡고 말을 탄 기수는 원하는 쪽으로 말을 몰아갈 것이다. 말도 기수가 원하는 쪽으로 순순히 따르게 된다.

이제 우리는 상상(무의식)이 얼마나 큰 힘을 지녔는지 알게 되었다. 상상(무의식)도 급류나 야생마처럼 얼마든지 길들일 수 있다. 이에 앞서 제대로 이해를 못한 두 단어를 아는지 모르는지 짚고 넘어가야 한다. 바로 암시와 자기암시이다.

암시란 무엇일까? '누군가 알지 못하는 가운데 두뇌에 심리적 작용을 일으키게 하는 것' 정도로 요약해서 말할 수 있다. 그런데 이런 작용이 실제로 일어날까?

현실적으로 불가능하다. 암시는 그 자체로 가능할 수 없다. 암시가 가능하려면 자기암시로 그 어떤 것이 변환되어야 한다. 자기암시는 '스스로에게 심리적 작용을 일으키게 하는 것'이라고 말할 수 있다.

당신이 다른 사람에게 암시를 걸어도 상대의 무의식이 암시를 받아들여 자기암시로 변환되지 않는다면 그 어떤 결과도 없다. 나는 종종 평범한 주제의 암시를 스스로에게 걸어 봤지만 실패했다. 그것은 내 무의식이 암시를 거부하여 자기암시로 변환되지 않았기 때문이다.

무의식(상상) 속의 자기암시

다시 이야기를 앞으로 돌리자. 상상(무의식)도 급류나 야생마처럼 통제할 수 있다. 상상(무의식)을 통제하기 위해서는 두 가지를 우선 알아야 한다.

첫째, 불가능이 가능으로 어떻게 바뀌는지를 알아야 한다.
둘째, 상상(무의식)의 통제가 어떻게 이루어지는지를 알아야 한다.

암시하는 방법은 아주 단순하다. 원하는 것을 마음속으로 간절히 주문하는 것이다. 우리는 그것을 습관처럼 받아들인다. 그렇다 해도 암시의 실패는 자신에게 간혹 상처를 입힌다. 쉽고도 어려운 것이 바로 자기암시이다.

자기암시의 대상 즉, 그 부분을 명확히 마음에 새긴다. 그 대상에 '예' '아니요'라는 선택을 요구하면 그 요구에 따른다. 그리고 다른 생각은 일체 떠올리지 않는다. '이것은 일어날 것이다.', '이것은 사라질 것이다.', '이것은 일어나거나 일어나지 않을 것이다.' 등의 흐름을 집중해서 상상한다. 이런 것들은 모두 내부 에너지의 일부이다. 만일 무의식이 이러한 암시를 받아들인다면 세부적인 부분까지 모두 현실이 된다.

지금까지 자기암시는 최면술처럼 취급되었다. 그것은 그렇다고 치더라도 나는 '인간의 정신(의지)과 육체에 미치는 상상의 작용' 이라고 정의를 내리고 싶다. 이 작용하는 힘은 거부할 수 없을 정도로 강력하다.

또 다른 예를 살펴보자

만일 당신이 어떤 주어진 일을 할 수 있다고 믿는다면, 그것이 아무리 어려운 일이라고 해도, 그것이 불가능한 일이라 해도 해낼 수 있다. 반대로 누구나 할 수 있는 일이다. 식은 죽 먹기다 하는 일도 당신이 할 수 없다고 믿는다면 결코 해내지 못한다. 작은 언덕도 높은 산처럼 느끼면 그 언덕을 못 오르는 것과 같은 이치이다.

신경 쇠약도 이와 같다. 신경 쇠약에 걸린 사람은 최소한의 노력조차 힘들다고 판단한다. 그러기에 몇 걸음을 내딛고도 힘들어 한다. 늪에 빠졌을 때와 같은 그런 느낌, 애를 쓰면 쓸수록 더 깊이 늪으로 빠지는 것처럼 마음이 더욱 위축되고 만다.

통증이 사라진다고 생각하면 점차적으로 사라지는 걸 느낀다. 반대로 고통스러워하면 그 고통이 더 큰 통증으로 다가온다. 어떤 사람은 주기적인 두통을 생각하는데, 그 투통은 생각한 상황대로 현실이 된다. 그 병을 부르는 것과 같다. 이것은 자기암시로 병을 치료하는 것이 아니라 병을 악화시키는 것과 같다.

일반 사람들은 일방적으로 그런 자기암시를 '미친 짓이라고 한다.' 정신적, 육체적 질병이 있는 사람들은 스스로 질병을 치유할 수 없다고 상상을 한다. 이것은 의지(의식)적인 것에 불과하다. 특별한 외상이나 장애가 없는데 갑자기 마비 증세를 보이는 사람(과거에 있었던 일이 재현되는 것과 같은 현상)은 자기가 마비되었다고 상상하기 때문에 그런 것이다. (자라 보고 놀란 가슴 소댕〈솥뚜껑〉 보고 놀란다.) 이런 사람들에게는 매우 특별한 시술법이 요구된다.

행복하다, 불행하다는 상상에서 비롯된다. 똑같은 상황을 겪으면서도 어떤 사람은 행복을 느끼고 어떤 사람은 불행을 느낀다.

신경 쇠약, 말더듬이, 혐오증, 도벽, 마비 증세는 무의식적인 자기암시에서 비롯된 것이다. 무의식이 육체와 정신에 작용하여 나타난 결과이다. 이처럼 무의식은 수없이 많은 질병의 원인이 된다. 그러니 이런 질병은 치유할 수 있다. 특히 신체 장기에 무의식 작용은 큰 영향을 준다.

당신이 지금 조용한 방에 있다고 상상해 보자. 안락의자에 앉아 조용히 눈을 감는다. 그리고 자기와 관련된 일(의식)에 집중하면서 '이런 일이 사라질 것이다.' 아니면 '이런 일이 일어날 것이다.' 라고 생각해 보라. 만약 자기암시가 무의식으로 전환되면 놀랍게도 생각한 일들이 실제로 벌어진다.

자기암시를 할 때에는 의지가 개입되어서는 안 된다. 의지(의식)

와 상상(무의식)은 일치하지 않기 때문이다. 만일 '이런 일을 할 것이다.' 라는 의지가 개입하면 상상은 '그렇게는 안 될걸.' 하고 반대한다. 그러면 원하는 것을 얻는 것이 아니라 정반대의 결과를 얻게 된다.

정신 질환의 치료에 의지가 개입되면 상상이 작동을 하지 않아 결국 만족할 만한 결과를 얻지 못한다.

중요한 것은 상상을 훈련시키는 일이다. 나는 상상 훈련법으로 불치의 병을 치유할 수 있었다.

내가 지난 20년간 수많은 실험을 통하여 얻은 연구 결과를 간략하게 정리한 것이다.

1. 의지(의식)와 상상(무의식)이 서로 대립을 하면 상상(무의식)이 이긴다. (마음먹은 대로 되지 않는다.)

2. 의지(의식)와 상상(무의식)이 갈등을 하면 상상(무의식)의 힘은 의지(의식)의 힘보다 배로 증가한다. (마음먹은 대로 되지 않고 위기가 다가온다. 상태가 나쁜 쪽으로 진행된다.)

3. 의지(의식)와 상상(무의식)이 일치하면 상상(무의식)의 힘은 극대화 된다. (마음먹은 대로 가능해진다. 상태가 호전된다.)

4. 상상은 통제가 가능하다.

위에서 정리한 연구 결과를 보고 그것을 깨우친다면 질병에 걸릴 사람은 아무도 없다. 이 연구 결과는 진실이다. 어떤 질병이든 자기암시로 치유될 수 있다. 이것은 어디까지나 가능성의 문제이지 절대적인 것은 아니다. 다시 말해 '나을 수 있다'는 뜻이지 '모두 낫는다'는 뜻은 아니다. 의식적인 자기암시를 하려면 글을 배우는 것처럼, 피아노를 치는 것처럼 그 방법을 배워야 한다.

앞에서 말한 것처럼 자기암시는 인간에게 주어진 타고난 재능이다. 자기암시는 어린아이가 쉬지 않고 끊임없이 되풀이해서 말을 하는 것과 같다. 자기암시는 살아 있는 동안 무의식을 끊임없이 다루는 도구(고삐)와 같다. 고삐를 다루지 못하면, 고삐 풀린 망아지처럼 무의식이 잘못된 방향으로 달아난다. 이때 당신은 해(害)를 입거나 심지어 죽을 수도 있다. 반대로 이 자기암시라는 도구(고삐)를 다룰 줄 알면 위험에 처한 생명을 구할 수도 있다. 이솝우화에서 나오는 말처럼 '혀'를 두고 '가장 좋으면서도 가장 나쁜 것'이라고 했다. 자기암시도 이와 마찬가지이다.

사실 '모든 사람'이라고 하면 무리인 줄 안다. 그것은 의식적인 자기암시가 잘 되지 않는 부류가 있기 때문이다. 그 부류의 하나는 정신 발달의 미숙으로 이해력이 부족한 사람들이고, 또 하나는 아예 이해를 하지 않는 사람들이다.

자기암시의 놀랄 만한 결과

자기암시는 놀랄 만한 결과를 가져온다. 자기암시는 이해하기 쉽다. 내가 말하는 대로 따라하면 정신 발달의 미숙으로 이해력이 부족한 사람들이나 아예 이해를 하지 않는 사람들을 빼놓고는 실패할 가능성이 거의 없다. 그런 사람들은 전체 인구의 3%밖에 되지 않는다. 그렇다 해도 피시술자가 바로 잠들면 그 역시 실패할 수 뿐이 없다.

피시술자가 암시를 받아들이고 자기암시로 전환하기 위해서는 사전 설명과 준비 과정이 필요하다. 일부 최면술에 잘 걸리는 사람들은 준비 과정을 거치지 않아도 성공할 수 있다. 그렇다 해도 그런 경우는 드물다. 그러나 준비 과정을 거치면 누구나 최면술에 잘 걸려, 설명도 몇 분이면 끝난다.

전에는 피시술자를 잠들게 해야 암시가 잘 걸린다고 생각했다. 그러나 수면이 필수 조건은 아니다. 그런 사실을 발견한 후로는 잠을 재우지 않는다.

대부분의 피시술자들은 잠을 재울 때 불안감과 불편함을 느낀다. 이런 경우 뜻하지 않게 무의식적으로 저항을 한다. 이와 반대로 피시술자에게 잠들 필요가 없다고 하면 불안감이나 잡념을 떨치고 시술자의 말을 경청한다. 설령 처음에는 편안한 상태가 아니더라도 시술자의 반복되는 목소리에 곧, 마음의 안정을 찾아 깊은 잠에 빠진다. 잠에서 깨어난 피시술자는 자신이 잠들었다는 사실에 깜짝 놀라기도 한다.

내 말을 믿지 않는 사람들이 분명히 있을 것이다. 그런 사람들에게는 시술소에 와서 직접 어떤 일이 벌어지는지를 확인했으면 좋겠다.

자기암시를 위한 암시는 앞에서 말한 대로 걸 수도 있으나 반드시 그런 것만은 아니다.

그런 사전 설명과 준비 과정이 아니더라도 암시를 걸 수 있다. 의사라는 직함만으로도 피시술자에게 암시적인 영향을 끼칠 수 있다.

만일 환자에게 '병을 고칠 수 없다.' '병원에서 할 수 있는 일은 아무 것도 없다.' 라고 진단을 하면 환자는 스스로 최악의 암시를 한다. 반대로 '병이 깊으나 고칠 수 있다.' '진료를 받고 꾸준히 재활을 하면 완치될 수 있다.' 라고 진단을 하면 기대 이상의 암시를 한다.

또 하나 예를 들어 보자, 의사가 진찰을 하고 환자에게 특별한 말도 없이 처방전만 건네주면 그 치료 효과는 적다. 반대로 환자에게 질병 상태를 설명하고 약을 처방하면 그 치료 효과는 기대 이상이다.

이 글을 읽는 의사나 약사나 내 이야기에 냉담한 반응을 보이지 않았으면 좋겠다. 아마도 내 방법은 여러분에게 도움이 된다. 나는 암시의 이론과 실제 연구가 환자들이나 의사들을 위해 대학 강의에 포함되어야 한다고 생각한다.

덧붙여 말하고 싶은 것이 있다. 환자가 의사를 찾아가면, 환자에게 한 가지 이상의 약 처방을 해야 한다. 사실 환자가 의사를 찾아가는 이유는 어떤 약을 먹어야 병이 나을 수 있는지, 그 말을 듣고 싶은 것이다. 치료 과정은 별로 관심이 없다. 이것을 중요하게 여기지도 않는다. 낫기만 하면 된다.

만일 의사가 약을 처방하지 않고 낫는 방법과 음식에 신경을 쓰라고 하면 환자는 만족하지 않는다. 의사에게 상담을 하러 가서 어떤 상담의 말도 듣지 못했다면 그 환자는 다른 의사를 찾아갈 것이다.

그건 그렇고, 의사가 약을 처방할 때에는 근처 약국에서 구하기 쉬운 약보다 특별한 약을 처방해야 한다. 의사가 직접 처방한 약은 환자에게 더 큰 확신을 준다.

암시의 역할과 작용

자기암시의 역할은 무의식이 모든 기능을 관리한다는 것인데, 이것만 알아도 충분하다.

앞서 말했듯이 몸 속의 장기 중에 어느 한 부분이 제대로 기능을 못하고 있다. 그러면 그 장기의 기능이 곧 회복될 거라고 믿으면 된다. 그 사실을 믿으면 무의식은 즉시 명령을 받아 마침내 정상적인 기능을 하게 한다.

암시는 출혈을 멈추고 변비를 낫게 하며, 마비 증세, 종양, 결핵성 장애, 정맥류 궤양을 간단하게 치유한다.

구강 출혈 사례를 보자.

한 여성이 평소에 내가 알고 지내던 지인의 치과로 이를 뽑으러 왔다. 그 젊은 여성은 8년간 천식으로 고생했는데, 내 요법으로 병을 고쳤다.

나는 그녀가 매우 민감한 체질이라는 것을 안다. 그래서 그녀에게 다가가 수술을 두려워하지 말라고 조언했다. 나의 조언에 용기를 얻은 그녀는 수술 날짜를 잡았다. 수술 당일, 나는 그녀 앞에 서서 시선을 고정시킨 다음 암시를 걸었다.

"당신은 어떤 고통도 못 느낍니다."

그런 다음 치과 의사에게 신호를 보냈다. 그러자 그는 즉시 이를 뽑았다. 이가 뽑히면서 피가 나기 시작했다. 나는 치과 의사에게 지혈제를 쓰지 말고 암시를 걸자고 권했다. 그러고 나서 환자에게 2분 후면 피가 멈출 거라고 암시를 걸었다. 2분 후 그녀는 한두 번 피를 뱉더니 더 이상 피를 뱉지 않았다. 피가 멈추고 이가 빠진 자리에는 피가 응고되어 있었다.

이런 현상을 어떻게 설명할 수 있을까? 원리는 간단하다. '피가 멈출 것이다.'라는 생각을 하면 무의식은 동맥과 정맥으로 흐르는 모세혈관을 자연스레 수축시킨다. 피가 나올 때 혈관을 수축시키는 아드레날린(Adrenalin: 심장이나 혈관의 수축을 돕는 호르몬)의 작용과 같은 현상이다.

종양을 치유하는 방법도 이와 같다. '사라질 것이다.'라는 생각을 무의식이 받아들이면, 뇌는 종양에 영향을 미치어 동맥에 수축을 명령한다. 이 지시에 따라 동맥이 혈액 공급을 제안하면서 항체를 촉진시키면 결국 종양이 사라지게 된다.

자기암시와 정신 질환 시술

자기암시를 하면 신경 쇠약이 대부분 완치된다. 여러 치료법으로도 낫지 않던 불치의 병이 자기암시에 의해 치료가 되는 것을 보면, 나 스스로 기쁨과 긍지를 갖는다.

룩셈부르크의 한 병원에서 어느 환자가 한 달 동안 치료를 받았다. 그는 치료를 받아도 병이 낫질 않자 치료를 포기했다. 그러던 그가 6주 동안 암시 시술을 받고 완치되었다.

자기가 세상에서 가장 불행한 사람이라고 생각했던 그는 이제 완치되었다. 완치된 그는 예전과 전혀 다른 사람으로 태어나 행복한 나날을 보내고 있다. 병이 재발할 일도 없어 보인다. 나는 그에게 의식적 자기암시에 대한 실천 방법을 알려 주었는데, 그는 기대 이상으로 잘 실천해 가고 있다.

나는 자기암시가 정신적·육체적 질병을 치유하는 유용한 수단으로 사회 봉사에 참여할 수 있다고 생각한다. 소년원을 찾아가서 청소년들을 교화시키는 경우가 그 예이다. 실증 사례도 있다.

두 가지 예를 들기 전에, 정신 질환을 시술하는데 자기암시가 어떻게 작용하는지 한 가지 비유를 하겠다.

뇌를 나무판자라고 가정하자. 이곳에 우리가 생각한 것을 결정하는 의식과 습관, 본능이라는 못이 박혀 있다. 그런데 좋지 않은 것이 박혀 있다. 이때 좋지 않은 못을 발견하고 그 자리에 새 못을 꺼내어 박는다. 즉 암시라는 새 못을 박는다. 새 못이 1cm 박히면, 예전 못은 1cm만큼 판자 밑으로 빠져 나온다. 망치질할 때마다, 즉 암시를 걸 때마다 새 못은 점점 더 깊이 박히고 예전 못은 더 많이 빠져 나온다. 결국 예전 못은 완전히 빠지고 그 자리는 새 못으로 교체된다. 그러면 새로운 의식과 습관, 본능에 따르는 새 사람으로 바뀐다.

그럼 예를 들겠다.

🗁 열한 살 난 어떤 소년은 어릴 적부터 밤낮으로 소변을 가리지 못해 찔끔거렸다. 게다가 물건을 훔치고 거짓말까지 했다. 나는 이 소년의 어머니로부터 부탁을 받고 암시법을 쓰기로 했다. 처음 방문 이후 낮 동안은 소변을 찔끔거리지 않았지만 밤에는 계속되었다. 암시법을 계속해서 쓰자 점차 찔끔거리는 횟수가 줄고, 몇 달이 지나자 완치되었다. 동시에 훔치는 횟수도 점점 줄어들어 6개월 뒤에는 완치되었다.

🗁 소년에게는 여덟 살이 더 많은 형이 있었다. 그는 동생을 몹시 괴롭혔다. 술에 취하면 칼로 동생을 찌르려고 했다. 언젠가 일을 저지르면 후회할 거라는 것도 알고 있었다. 나는 동생에게 암시를 건 것처럼 형에게도 암시를 걸었다. 결과는 놀라웠다. 그는 처음

시도한 시술로 완치되었다. 동생을 괴롭혔던 마음도 완전히 사라졌다. 그 후 형제는 사이좋게 잘 지내게 되었다. 지금까지 시술 결과를 지켜보았는데, 치료가 영구적이라는 생각이 들었다.

나는 이런 좋은 결과를 얻자, 자기암시법이 소년원에 반드시 필요하다고 생각한다. 비행청소년에게 매일 자기암시법을 시술하면 반 이상이 착한 청소년이 될 수 있다고 확신한다. 정신적으로 탈선한 그들을 건강한 사회 구성원으로 복귀시키는 것이야 말로 엄청난 사회 봉사가 아닌가?

혹시라도 자기암시가 사회적으로 악용될 소지가 있다고 생각하는 사람들이 있을 것이다. 그러나 그런 생각은 타당하지 못하다. 암시법의 시술은 신뢰할 수 있는 시술자나 소년원의 의사들이 담당하기 때문이다. 더구나 악용할 목적으로 암시를 건다면 암시를 걸게 허락할 사람이 누가 있을까?

암시를 위험하다고 말하는 사람들이 있다면 이런 예는 어떨까? 화약, 기차, 배, 전기, 자동차, 비행기 등등 위험하지 않는가? 의사나 약사의 처방이 잘못되면 이것도 위험하지 않는가? 그러면 환자에게 피해를 주지 않는가? 모든 것은 다루기 나름이다.

끝맺는 말

우리 안에는 무한한 힘의 원천이 있다. 이 힘은 상상(무의식)의 힘이다. 이 힘을 의지(의식)와 결합시키지 못하면 고삐 풀린 망아지처럼 어디로 튈지 모른다. 아이처럼 제멋대로 군다. 하지만 지혜롭게 다룬다면 즉, 자신을 잘 다룬다면 육체적·정신적인 질병으로부터 벗어날 수 있다. 상상(무의식)을 잘 다룬다면 행복한 삶을 누릴 수 있다.

마지막으로 자기암시는 바른 길로 가지 못하고 방황하는 이들의 정신을 바로잡는데 우선 시술되는 것이 마땅하다.

4부

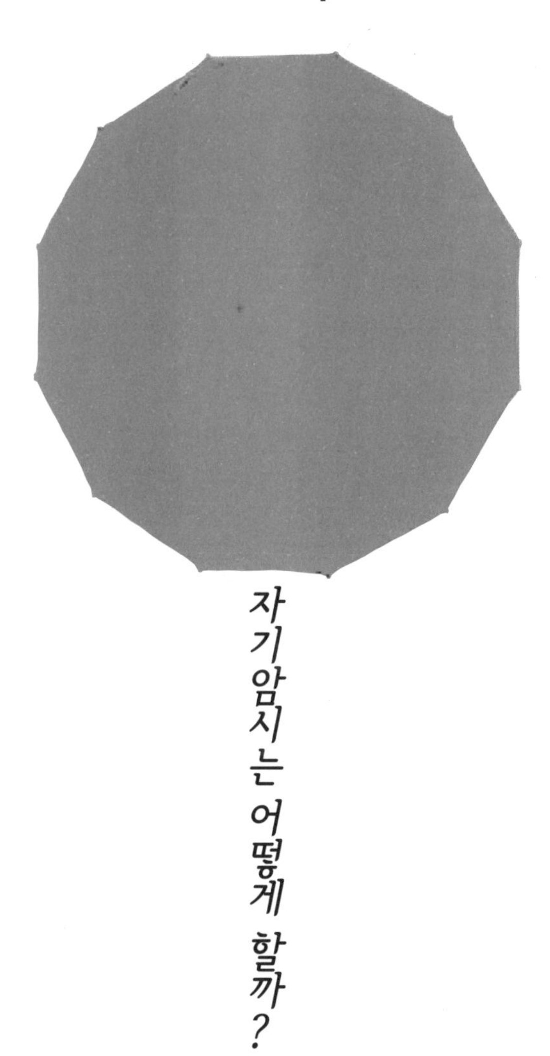

자기암시는 어떻게 할까?

에밀 쿠에의 자기암시

자기암시는 어떻게 할까?

다음과 같은 말로 원칙을 간단히 정리할 수 있다.

'한 번에 두 가지 생각을 할 수 없다.'

'설령 두 가지 생각을 한다 해도 같은 목적을 가져야 갈등이 생기지 않는다.'

정신을 통하여 걸러지는 모든 상상은 현실이 되고 실현 가능해진다. 따라서 어떤 병으로 고생하는 사람에게 '병이 점점 나아진다.' 고 믿고 그것이 상상으로 이어진다면 병은 치유된다. 또 도벽에 시달리는 사람에게 '더 이상 훔치지 않는다.' 고 하는 의지가 상상으로 이어진다면 그 습성은 사라질 것이다.

불가능하다고 여겨지는 이런 과정은 아주 간단하다. 환자들의 무의식적 사고를 1단계, 2단계, 3단계로 나누고, 그 단계를 가르치면 된다.

자기암시가 잘 되지 않는 두 부류(①정신 발달의 미숙으로 이해력이 부족한 사람. ②처음부터 이해를 하지 않으려는 사람.)의 사람을 빼고는, 아래에서 제시하는 단계를 거치면 좋은 결과를 얻을 수 있다.

🗁 1단계

피시술자의 몸을 똑바로 세운다. 발바닥을 바닥에 밀착시켜 수평을 유지하게 한다. 이때 발목의 힘을 빼라고 한다.

똑바로 세운 몸을 마치 건드리기만 해도 쓰러지는 나무판자처럼 상상하게 한다.

그런 다음, 피시술자의 어깨를 당긴다. '편하게 내 앞으로 쓰러지세요.' 라고 말한다.

피시술자는 나무판자처럼 쓰러지되 발바닥은 그대로 있어야 한다. 발목만 기울어야 한다. 이 과정이 잘 안 되면 될 때까지 반복해서 시도한다.

2단계

상상(무의식)이 사람에게 끼치는 영향을 설명한다. 피시술자에게 다음과 같이 말하고 생각하게 한다. "뒤로 쓰러진다."

오로지 생각을 한 곳으로 집중하게 한다. '쓰러진다.' 만 생각하게 한다. 이때 피시술자는 '쓰러진다.' 는 것에 대한 의심을 품어서는 안 된다. '쓰러진다.' 고 믿어야 한다. 쓰러지는 척하면 안 된다. 만약 어떤 힘이 뒤로 쓰러지게 하는 느낌이 들면 버티지 말고 힘이 느껴지는 대로 따르게 한다.

그러고 나서 피시술자에게 고개를 들고 눈을 감으라고 한다. 오른손은 목 뒤에 대고, 왼손은 이마에 대게 한다. 그런 다음, "자, 생각하세요. 나는 뒤로 쓰러집니다. 뒤로 쓰러집니다."라고 말한다. "당신은 뒤로 쓰러집니다. 당신은 뒤로 쓰러집니다."라고 반복해서 말한다. 이때 피시술자의 왼손은 이마에서 관자놀이 쪽으로 스치듯이 움직이게 하고, 목 뒤에 있던 오른손은 서서히 떼라고 한다.

그러면 피시술자는 몸이 뒤로 움직이고 있다는 느낌을 가진다. 그 순간 뒤로 쓰러지지 않으려고 버티거나, 완전히 쓰러진다. 만약 쓰러지지 않고 버티려 한다면 "당신은 다칠지도 모른다는 생각을 하고 있습니다. 그런 생각이 없다면 나무판자처럼 쓰러집니다."라고 말한다. 강한 어조로 반복해서 말한다, 성공할 때까지 계속한다.

이때 시술자는 피시술자가 쓰러질 것을 대비하여 왼다리와 오른 다리를 벌려 안전한 자세를 취한다. 특히 피시술자가 무거워 감당할 수 없는 경우와, 피시술자가 뒤로 쓰러질 경우를 대비한다.

3단계

시술자가 피시술자 앞에 서서 바라보게 한다. 그 다음, 몸을 바르게 세우고 두 발을 나란히 붙이게 하되 발목에는 힘을 빼도록 한다. 시술자는 양손을 피시술자의 관자놀이에 댄 뒤, 시선을 피시술자의 코끝에 둔다. 피시술자에게 "나는 앞으로 쓰러진다. 앞으로 쓰러진다."라고 강한 어조로 말한다. 시선을 고정한 상태에서 "당신은 앞으로 쓰러집니다."를 반복해서 말한다.

4단계

피시술자에게 양손이 떨릴 정도로 매우 세게 잡도록 한다. 시술자는 전 단계(3단계)와 같이 시선을 고정시키다. 피시술자의 손을 감싸 쥐고 더 세게 감싸 쥐라고 한다. 그런 다음, 피시술자에게 손을 뗄 수 없다고 생각하게 한다. 그 다음, 셋까지 세는데, 셋을 셀 때 피시술자에게 손을 떼라고 말한다. 이때 피시술자는 계속해서 '할 수 없다' 고 생각해야 한다. 그러면 손을 뗄 수 없다.

다시 '하나, 둘, 셋' 을 천천히 세며 한 마디 한 마디 강한 어조로 말한다. "나는 할 수 없다. 나는 할 수 없다."

피시술자가 할 수 없다고 믿으면 정말 손을 뗄 수 없다. 떼려고 노력하면 할수록 양손은 강하게 더 붙는다. 그런데 잠시 뒤 '나는 할 수 있다' 라고 생각하게 하면 양손은 그냥 떨어진다.

시술자는 피시술자의 코끝에 시선을 고정시켜 피시술자가 시선을 돌리지 못하게 해야 한다. 만일 피시술자의 손이 떨어지면 시술자의 잘못이 아니다. 그것은 피시술자가 확실하게 집중을 못한 탓이다. 이때 시술자는 피시술자에게 실패의 원인을 설명하고 다시 시작한다. 또한 말할 때에는 피시술자가 잘 따르도록 강한 어조로 말한다. 목소리를 크게 내라는 뜻이 아니다. 단어 하나하나에 힘을 주라는 말이다. 이 단계가 성공하면 다른 실험에서도 좋은 결과를 얻을 수 있다.

몇몇 피시술자들은 매우 반응에 민감해서 어렵지 않게 손과 발에 암시가 걸린다. 두세 가지 실험을 쉽게 성공하면 더 이상 피시술자들에게 "이것을 생각하세요." "저것을 생각하세요."라고 일일이 말할 필요가 없다. 단지 강한 어조로 "손을 감싸 쥡니다." "이제 손을 떼지 못합니다." "눈을 감습니다." "이제 눈을 뜨지 못합니다."라고 해도 된다. 민감한 피시술자는 즉시 손을 떼거나 눈을 뜨지 못한다. 몇 분 뒤에 피시술자에게 "이제 할 수 있습니다."라고 말하면 바로 손을 떼고 눈을 뜬다.

이런 실험은 응용하기에 따라 다양하게 진행될 수 있다. 피시술자에게 양손을 쥐게 하고 양손이 붙었다고 상상을 하게 할 수도 있고, 테이블 위에 손을 올려 놓게 한 다음 암시를 걸 수도 있다. 또 의자에 붙어 일어날 수 없다고 상상을 하게 할 수도 있고, 책상 위에 있는 연필꽂이가 무겁다고 상상을 하게 해서 그것을 못 들게 할 수도 있다.

재차 강조하지만 이런 현상들은 모두 암시가 아니라, 시술자의 암시를 받아들인 피시술자의 자기암시로 이루어지는 현상이다.

건강을 위한 암시법

피시술자가 앞에서 설명한 방법들을 이해했다면, 이제 치료를 위한 암시법을 써도 좋다. 예전에는 씨앗이 자랄 수 없는 환경에 놓여 있었다. 이제는 씨앗이 자랄 수 있는 환경이 조성되어 경작을 하는 단계에 이르렀다.

피시술자의 질병이 육체적이든 정신적이든 암시법은 순서에 변화가 없다. 같은 단어를 쓰되 상황에 따라 약간의 변화만 주면 된다.

자리에 앉아 눈을 감으세요. 잠을 자라는 것이 아닙니다. 잠들지 않아도 됩니다. 단지 한눈을 팔지 않고 정신을 집중시키기 위해서입니다.

지금부터 제가 하는 말을 따라야 합니다. 마음에 깊이 새깁니다. 의지나 지식이 아니라 무의식(상상)으로 당신 속에 있는 모든 것이 제가 한 말을 흡수합니다. 잘 들으세요.

당신은 하루 세 번, 아침, 점심, 저녁 식사 시간이 되면 배가 고프다고 느낍니다. 그럴 때마다 '아! 뭔가 먹을 게 있다면 얼마나 좋을까?' 라고 생각합니다. 맛있게 식사를 하되 과식하지 않습니다.

음식을 편안한 마음으로 씹어 삼키면 소화가 잘됩니다. 속이 불편하거나 더부룩하지 않습니다. 그러니 위나 장이 아픔을 느끼지 않을 것입니다. 흡수된 영양소를 가지고 신체 장기는 피와 근육을 만들고 그것이 에너지로 바뀌어 활력을 줍니다.

음식이 소화되면 배설도 잘되고, 아침에 일어날 때 정상적으로 변을 봅니다.

특별한 약을 먹지 않아도 몸이 편하고 기분이 좋습니다. 당신은 매일 원하는 시간에 잠들고 일어날 수 있으며, 악몽 같은 것은 일체 꾸지도 않고 숙면을 취합니다. 잠에서 깨어나면 기분이 상쾌하고 힘이 나며 몸 또한 편안함을 느낍니다.

만약 당신은 걱정과 고민이 많습니다. 오르지 부정적인 생각으로 가득 차 있었다면 더 이상 그러지 않을 겁니다.

당신은 걱정이나 고민으로 괴로워하는 대신 기분이 상쾌하다고 느낍니다. 특별한 이유도 없이 그냥 상쾌해집니다.

당신은 끈기가 없고 변덕스럽다. 버럭 화를 내는 성격이다. 그렇다면 더 이상은 그러지 않을 겁니다. 변덕스럽거나 화나는 일이 사라지면서 침착하게 됩니다.

만일 좋지 않은 생각이나 불안, 염려, 혐오, 유혹, 원한이 있다면,

이 모두가 상상의 힘에 의해 멀리 구름이 사라지듯 완전히 자취를 감출 것입니다. 눈을 뜨면 꿈에서 깨어나듯 이런 헛된 생각들도 사라집니다.

모든 신체 장기들이 제 기능을 수행합니다. 심장 박동은 정상이며 혈액 순환도 잘됩니다. 폐와 위, 장, 간, 담, 신장, 방광도 정상적으로 활동합니다. 만약 지금 장기에 이상이 있다면 날마다 회복됩니다. 시간이 지나면 정상적인 기능을 되찾고 완전히 낫게 됩니다.

이때 꼭 회복되어야 할 부분이 어디인지 알 필요없습니다. 무의식은 스스로 문제가 있는 신체 장기를 찾아내어 고칩니다.

무엇보다 당신은 지금까지 자신을 믿지 못하고 불신했다. 이러한 불신이 점차 사라지고 자신을 믿게 됩니다. 당신 안에 내재되어 있는 무한한 힘을 깨닫습니다. 자신감이 생깁니다.

우리 모두는 이런 자신감을 갖는 것이 절대적으로 필요합니다. 자신감이 없이는 그 어떤 것도 이루지 못합니다. 자신감이 있으면 이치에 맞는 범주 내에서 어떤 것이든 해낼 수 있습니다. 당신은 자신감을 갖게 될 것입니다. 이치에 맞는다면 소망이든 의무이든 상관없이 이루게 될 겁니다.

어떤 일을 하기 전에는 언제나 '일은 쉽고, 나는 할 수 있다.' 고 생각하십시오. '어렵다, 불가능하다, 못한다, 나보다 강하다, 어쩔 수 없다.' 같은 말들은 머릿속에서 사라집니다.

다른 사람들에게는 어려운 일도 당신이 쉽다고 생각하면 쉬운 일이 됩니다. 당신은 일을 빠르게 잘 해낼 것이며, 지치지도 않습니다. 잘하려고 일부러 노력하지 않아도 그럴 수 있습니다. 반대로 일이 어렵고 불가능하다고 생각하면 실제로 그렇게 됩니다.

이러한 일반적인 암시들은 다소 유치해 보일지라도 꼭 필요한 것들이다. 일반적인 암시를 한 후에는 환자의 상황과 특성에 맞는 암시를 추가한다.

암시를 할 때는 단조롭게 달래는 목소리로 중요한 단어를 강조한다. 피시술자를 약간 졸리게 만들어 아무 생각도 나지 않게 하면 좋다. 암시의 마지막 단계에 이르면 이렇게 말한다.

당신은 모든 면에서 좋아졌습니다. 이제 육체적으로도 정신적으로도 건강한 삶을 즐길 것입니다. 그 어느 순간보다 더 행복하다고 느낄 것입니다.

이제 셋을 세면 눈을 뜨고 지금 상태에서 깨어납니다. 자연스럽게 본래의 상태로 돌아와 졸리지도 피곤하지도 않습니다. 건강한 상태로 생기가 넘칩니다. 무엇보다 기분이 상쾌해지고 어떤 일이라도 손에 잘 잡힙니다. 하나, 둘, 셋.

그러면 피시술자는 입가에 미소를 띠며 눈을 뜬다. 건강한 상태로 만족한 표정을 지을 것이다. 드물게 그 자리에서 바로 낫는 환자들도 있지만, 일반적으로는 통증이 완화되었음을 느낀다. 그리고 통증과 우울함이 부분적으로 사라졌거나, 시간이 지나고 나서 완전히 없어졌다고 말한다.

암시는 피시술자에 따라 달라져야 한다. 더 이상 암시가 필요하지 않을 때까지, 즉 완전히 시술이 이루어질 때까지 결과에 따라 시술하는 간격을 점차 늘려 간다.

피시술자를 돌려보내기에 앞서 그에게 스스로 치유할 도구가 있다고 말해야 한다.

매일 아침 일어날 때와 잠자리에 들 때, 시술자가 눈앞에서 지시하는 것처럼 차분하게 눈을 감은 뒤 암시 글귀를 스무 번 연속해서 암송하게 한다.

"나는 날마다 모든 면에서 점점 좋아지고 있다."

끈에 20개의 매듭을 만들어 매듭을 한 번 옮겨 잡을 적마다 글귀를 암송하면 도움이 된다. '모든 면에서' 라는 말을 힘주어 강조하게 한다. 이 글귀는 육체적인 면과 정신적인 면에서 두루 작용하는데, 특별한 암시보다 더 효과가 있다.

이런 과정을 거치면 시술자의 역할이 명확해진다. 시술자는 명령을 내리는 주인이 아니라, 피시술자의 친구이자 안내자임을 알게 된다.

시술자는 피시술자가 육체적 · 정신적으로 건강해질 수 있게 한 단계씩 이끌어 주는 역할을 한다.

또한 암시는 피시술자의 관심에 맞추는 것이므로 무의식적 자아가 암시를 받아들일 수 있게 돕는다. 자기암시에 걸리면 상황에 따라 치유가 빨리 이루어지기도 한다.

5부

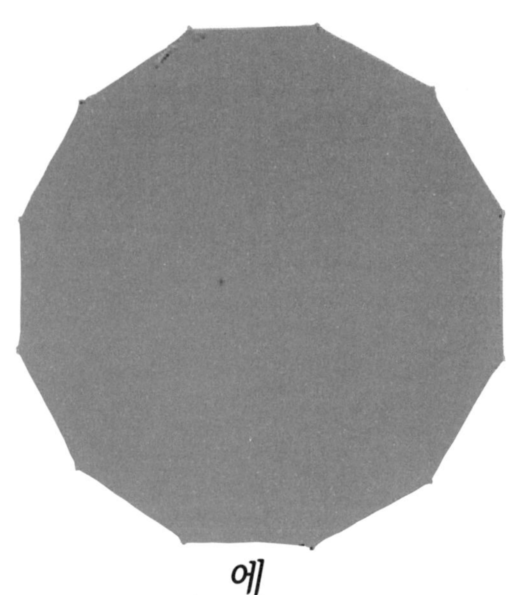

에밀 쿠에 선생께 쓰는 편지

에밀 쿠에의 자기암시

에밀 쿠에 선생께 쓰는 편지

어느 날 나는 제네바의 서점에서 샤를 보두앵 씨가 쓴 '암시와 자기암시'라는 책을 보았다. 저자는 자기암시법을 최초로 제시한 에밀 쿠에 선생께 고마움의 표시로 그의 사상을 엮어 책으로 출간한 것이다.

나는 그 책을 읽으면 잠시도 눈을 뗄 수 없었다. 책에는 쿠에 선생의 인도주의적 연구를 담았다. 연구 이론은 너무 평범한 것이라 다소 뻔할 것 같았지만 실천을 하면 좋은 효과가 있을 거라 믿었다.

오랜 시간 연구를 해온 약사 에밀 쿠에 씨는 낭시의 리에보(암시 이론의 효시) 진료소에서 약사로 있으면서 그의 연구 조교 역할을 했다. 쿠에 씨는 20년 동안 자기암시에 관련된 연구를 게을리 하지 않았다.

그런 그가 연구 목표를 정한 후로 놀랄 만한 자기암시의 힘을 발휘했다. 그는 수많은 시술을 통하여 무의식이 우리 몸에 관여한다는 사실을 입증해 보였다. 겸손하면서도 지식과 경험이 풍부한 그의 시술 방법은, 난치병으로 고통을 받는 환자들에게 새로운 치료의 가능성을 제시했다.

여기서 과학적 효능을 명료하게 설명하기는 어렵다. 따라서 자기암시법으로 대신할까 한다.

피시술자의 상태 변화를 체크한 결과 잠자리에서 일어날 때와 잠자리에 들기 전에 자기암시를 하는 것이 가장 효과적이다.

자기암시를 할 때에는 눈을 감고 차분하면서도 낮은 목소리로 원하는 것을 반복해서 암송한다.

가능하다면 침대나 안락한 의자에 몸을 맡겨 편안한 자세를 취하는 것이 좋다. 기도하는 마음으로 다음과 같은 글귀를 반복해서 암송한다.

"나는 날마다 모든 면에서 점점 좋아지고 있다."

이 글귀를 20번 반복한다.

'묵주의 기도'를 암송할 때처럼 끈에 20개의 매듭을 만들어 매듭을 한 번 옮겨 잡을 적마다 글귀를 암송한다.

무의식은 암송하는 한 마디 한 마디를 놓치지 않고 기록한다. 자기가 처한 환경(예를 들면 질병이나 당면한 문제)을 떠올리지 말고 모든 면에서 잘될 거라는 바람을 갖고 순응하는 자세로 받아들인다. '점점'이라는 말은 전반적으로 효과가 있다.

이러한 바람은 열정과 의지가 아닌 순응하는 자세에서 확신을 가지고 암송해야 한다.

에밀 쿠에 씨는 자기암시를 할 때 의지를 주입시키지 않았다. 의지를 주입시키는 것이 아니라 상상을 해야 한다고 했다. 상상은 커다란 동기 부여로 더욱 활발해진다.

훌륭한 시술자는 "자신감을 가지세요. 모든 것이 좋아진다고 굳게 믿으세요."라고 말한다. 이 말을 듣고 따르며 인정하는 이들은 모든 면에서 좋아질 것이다.

자기암시법은 놀랄 만한 시술 효과를 보여주었다. 장염, 습진, 말더듬, 실어증, 열한 번의 수술을 거친 전두통(前頭痛) 질환, 자궁염, 난관염, 종양, 정맥류를 치료하는 데 큰 효과가 있었다.

에밀 쿠에 씨는 폐결핵 말기 환자를 최근 시술 사례로 들었는데, 서른 살 된 여성 환자는 병을 완전히 고친 후 아이를 낳아 건강하게 살고 있다. 모든 사례들은 의사가 검증한 것이다.

이런 시술 사례들은 기적이라 할 수 있다. 의술로 치료되지 않는 질병들이기 때문이다. 특히 폐결핵이 치유된 사례는 나에게 무엇인가 계시를 주는 듯했다.

나는 지난 2년간 안면 신경증(노이로제)으로 인해 심한 통증을 느꼈다. 4명 중 2명의 전문의는 치료 방법이 없다고 말을 했다.

나는 절망에 빠졌다. 이런 상태에서 포기를 했는데, 그 후로 병은 더욱 악화되었다. '방법이 없다'는 전문의 말이 내게는 최악의 암시였던 것이다. 그렇다 해도 산을 들어 옮길 수 있다는 믿음을 가지고 에밀 쿠에 씨의 자기암시 글귀인 "나는 날마다 모든 면에서 점점 좋아지고 있다."를 반복해서 암송했다.

"나는 나을 것이다. 신경증은 없어진다. 없어진다. 그리고 다시는 걸리지 않는다."

다음날 신기하게도 신경증은 사라졌다. 이후로 재발되지 않았다. 그 동안 말 못할 고통 때문에 문 밖에도 나가지 못했던 나에게 정말이지 날아갈 듯한 큰 기쁨이었다.

믿지 못하는 사람들은 신경성이라고 폄훼했다. 그렇다면 이런 말은 어떤가? 기쁜 마음에 다시 자기암시를 시작했다. 안면 신경증(로이로제) 외에도 나는 치료 불가능한 신장염 때문에 왼쪽 발목이 부었다. 이때 자기암시를 하고 나서 이틀째되는 날 붓기가 빠졌다. 나는 피로할 때나 우울증으로 시달릴 때에도 자기암시를 했고, 그 효과는 놀라웠다. 은인인 에밀 쿠에 씨를 만나서 고맙다는 말을 전하고 싶을 따름이다.

나는 낭시로 가서 에밀 쿠에 씨를 만났다. 그는 착하고 정직한 사람으로 누구보다 훌륭했다.

이후 그는 나의 가장 소중한 친구가 된 것은 물론 유명한 강연에도 초대받았다. 그 장소에서 완치된 사람(폐에 손상을 입은 사람, 장기가 꼬인 사람, 천식, 척추염 그리고 치유할 수 없는 말기의 환자)들이 전하는 감사의 말을 들을 수 있었다.

온몸을 뒤틀며 괴로워하는 마비 환자가 강연장에 있었는데, 그는 자기암시를 한 후 자리에서 일어나 걸었다. 쿠에 씨는 자기암시를 하기 전에 자신감으로 몸과 마음을 충만하게 하라고 했다.

"스스로 낫게 하는 법을 배우세요. 당신은 그렇게 할 수 있습니다. 나는 아무도 낫게 한 적이 없습니다. 낫게 하는 에너지는 당신 안에 있습니다. 정신을 한 곳으로 모아 낫게 할 부위에 에너지를 집중하면 좋지 않은 곳을 낫게 할 것입니다."

쿠에 씨는 이렇게 말하고 나서 마비 환자에게 다가섰다.

"걸을 수 있다고 믿습니까?"
"네."

“좋아요, 그럼 일어나세요!”

환자는 그 자리에서 일어나더니 강연장 안을 한 바퀴 돌았다. 기적이 일어났다.

척추염에 걸린 어린 소녀는 쿠에 씨를 세 번 방문하고 나서 굽었던 척추를 곧게 폈다고 한다. 그 소녀는 꽤 오랜 시간을 무기력하게 보냈는데, 그런 그녀가 지금은 얼마나 행복한지 모르겠다며 활짝 웃었다.

폐의 손상을 치유한 3명의 여자들도 지금은 정상적으로 직장 생활을 할 수 있어 정말 기쁘다고 했다.

치유 환자들을 사랑하는 쿠에 씨는 가까운 거리에서 그들을 지켜보고 있는 것처럼 보였다. 그는 돈에 큰 욕심이 없는 듯, 시술비도 받지 않았다.

내가 “선생님께 빚을 졌습니다.”라고 말하자, “아니요 저는 당신이 더 좋아지기를 바랍니다. 치유된 것에 만족합니다.”라고 답했다.

나는 이렇게 순수한 박애주의자에게 마음이 끌렸다. 우리는 서로 손을 잡고 정원을 거닐었다. 이 정원은 그가 아침 일찍 일어나 마음을 수양하는 곳이기도 하다. 채식주의자인 그는 연구 결과에 매우 만족했다.

인간의 마음속에는 무한한 에너지가 잠재하고 있다. 이 에너지 다루는 법을 알면 된다.

상상(무의식)은 고삐 풀린 망아지와 같다. 그런 망아지가 마차를 엉뚱한 방향으로 몰고 가면 당신은 죽을 수도 있다. 하지만 고삐를 잡고 잘 다루면 원하는 방향으로 달려갈 수 있다. 마음은 상상(무의식)하기 나름이다. 마음과 상상(무의식)은 우리가 원하는 방향으로 다루어야 한다.

암송으로 자기암시를 하면 무의식은 이를 지시로 받아들인다. 어느 순간 자기도 모르는 사이 이루어진다. 특히 잠자리에 들기 전에 지시를 잘 따른다. 그 결과는 신기할 정도다.

몸에 통증을 느낄 때, 순간적으로 "사라진다."는 말을 덧붙인다. 빠른 속도로 반복해서 암송한다.

통증이 있는 부위가 있으면 그 부위에 손을 올려 논다. 정신적으로 고통스럽다면 이마에 손을 댄다.

자기암시는 특히 마음(정신)에 효과적으로 작용한다. 긴박한 상황(육체적으로)에 처했을 때에는 마음에게 도움을 요청할 수 있다. 경험으로 볼 때, 이 과정은 깜짝 놀랄 만큼의 변화를 실감한다.

만일 당신이 이 사실을 오늘 알았다면, 아니 흥미를 느꼈다면 샤를 보두앵 씨의 '정신적 힘의 문화' 또는 쿠에의 논문 '자기통제'를 보면 이보다 많은 사실을 알게 된다.

당신이 이 책을 읽고서 그를 더 알고 싶다면 쿠에 씨와 관련된 논문을 찾아 읽으면 된다.

그러면 내가 체험한 것처럼, 예수의 사랑을 실천하는 쿠에 씨를 사랑하지 않을 수 없다.

내가 병의 고통에서 벗어났듯이 당신도 육체적으로나 정신적으로나 좋아질 것이다. 인생이 지금보다 더 아름답게 펼쳐질 것이다.

버넷 프로뱅

사례 편지

☺ .... 🖌

선생님의 논문이 만장일치로 심사위원회를 통과했습니다. 그 모든 영광을 선생님께 돌립니다. 선생님이 이 자리에 계셨으면 좋았을 텐데 하는 생각이 들었습니다. 선생님의 따뜻한 목소리를 직접 듣지 못해 안타깝습니다.

이제 여러 대학에서 선생님의 가르침을 들을 수 있게 되었습니다. 제게 고마워하지 마세요. 저는 선생님께 더 많은 빚을 졌으니까요.

Professor 샤를 보두앵

☺ .... 🖌

새로운 치료법을 알게 해주신 선생님께 감사의 편지를 씁니다. 요정이 요술 지팡이로 요술을 부리듯이 깜짝 노랄 만한 결과를 얻었습니다.

저는 처음부터 선생님의 자기암시법에 관심을 가졌습니다. 그 후 자기암시법으로 효과를 보았고, 지금은 열성적인 자기암시 지지자가 되었습니다.

Dr. 바쉐

☺ .... 🖌

유쾌한 강의만큼 친절한 편지 잘 받았습니다. 선생님께서 타인 암시와 자기암시가 어떻게 다른지를 이해하기 쉽게 설명해 주셔서 고맙습니다.

특히 자기암시를 하는 동안 의지가 개입되어서는 안 된다고 한 말에 주목을 합니다. 이 분야를 연구하는 대부분의 교수나 의사들이 미처 깨닫지 못한 것도 사실입니다. 자기암시와 의지 훈련은 분명하게 구분되어야 합니다.

반 벨셍

☺ .... 🖌

저는 선생님의 논문을 읽고 강연을 들었습니다. 그 이후로 많은 관심을 가지게 되었습니다. 인류와 함께 번영하는 선생님의 강연 내용이 각국의 언어로 번역되어 출간되기를 희망합니다. 나라와 인종을 떠나 인간 내면에 잠재하는 '상상(무의식)' 이라는 힘을 간단명료하게 설명하고 증명해 보이신 선생님의 지혜는, '상상(무의식)' 의 에너지를 엉뚱하게 사용해서 불행해진 인간들에게 커다란 구원이었습니다.

저는 그 동안 의지를 다룬 많은 책을 보았습니다. 책 속에는 수많은 문구와 사상, 격언 등이 있었지만 정말 난해했습니다. 그런데 선생님의 책은 결론이 명료했습니다.

선생님이 쓴 책('자신감을 주는 간편한 약')을 보았습니다. 그 책에는 선생님의 치유법이, 교양은 물론 본보기가 될 만한 문구로 씌어져 있다는 사실에 놀랄 뿐입니다.

돈 앤리크 C

☺ .... 🖌

30년 동안 저를 지치게 했던 질병에 이제는 맞설 수 있게 되었습니다. 지난 8월에 행운이 따랐는지 선생님을 만나게 된 것이 큰 도움이 되었습니다.

로렌의 집에서 잠시 머무는 동안 고통이 심해지자 몹시 슬펐습니다. 걱정과 고민으로 평정심을 잃은 상태입니다. 저는 더 이상 버틸 힘이 없었습니다. 신앙도 없습니다.

도와줄 사람을 간절히 찾고 있을 때, 우연히 사촌 집에서 선생님을 만나게 된 것입니다. 선생님은 제게 도움을 아끼지 않았습니다.

이제 저는 새로운 마음으로 건강한 몸을 만들기 위해 자기암시를 하고 있습니다. 저는 다시 예전처럼 건강해질 거라고 확신합니다.

신장병과 당뇨병도 회복되고 있으며 녹내장도 점점 사라지고 있습니다. 따라서 시력도 좋아졌습니다. 전반적으로 몸 상태가 좋아졌습니다.

Professor T. H

☺ .... 🖌

저를 기억하고 계시나요? 저는 선생님을 정말 고마운 분이라고 생각합니다. 선생님의 가르침이 점점 효과가 있다는 것을 실감합니다. 저는 하루도 빠짐없이 자기암시를 합니다. 상태가 점점 호전되고 있습니다.

저는 선생님이 일러주신 대로 제 자신을 스스로 다스릴 수 있게 되었습니다. 지금은 더 건강해졌습니다. 예순여섯 살인데, 이렇게 건강한 삶을 살 수 있다는 게 믿기지 않습니다.

자기암시를 알기 전에는 가끔 질병으로 시달렸습니다. 선생님의 시술을 받고 나서부터 그런 일은 사라졌습니다.

주변의 많은 사람들에게 선행을 한 만큼 선생님은 반드시 복을 받게 될 것입니다.

주님께 감사드립니다.

Mrs. M

☺ .... 🖌

어떤 식으로 고마움을 전해야 할지 모르겠습니다. 선생님의 덕분으로 저는 완치되었습니다. 정말 고마움을 전하고 싶습니다.

저는 두 다리 모두 하지정맥류와 오른발에 생긴 주먹 크기만 한 궤양 때문에 고생을 했는데, 지금은 완치되었습니다. 병이 마법을 쓴 것처럼 사라졌습니다.

병에 시달리는 동안, 침대에 누워서 지냈지만 선생님이 보내 주신 편지를 읽고부터 궤양이 점점 사라졌습니다. 마침내 자리에서 일어날 수 있게 되었습니다. 왼발에 있는 궤양은 아직 완치되지 않았지만 곧 나을 것입니다.

지금도 잠자리에 들기 전이나 잠자리에서 일어날 때나, 자신감을 갖고 선생님이 가르쳐 주신 암시 글귀를 암송합니다.

예전에는 다리가 돌처럼 굳어 스치기만 해도 아팠습니다. 그런데 지금은 걸을 수 있게 되었습니다.

Mrs. S

저의 딸은 오래 전부터 지금까지 간질을 앓고 있습니다. 대부분의 의사들이 열네 살에서 열다섯 살 사이에 증상이 없어지거나 악화될 거라고 했습니다. 그런 와중에 선생님이 전하는 자기암시 치료를 받았습니다. 그러자 딸은 완치되었고 6개월이 지난 지금도 재발하지 않았습니다.

레랭

☺ .... 🖌

저는 11년 동안 하루같이 밤마다 천식과 불면증에 시달렸습니다. 몸은 쇠약해져 그 어떤 일도 할 수 없었습니다. 정신적인 스트레스 또한 저의 앞길을 가로막았습니다. 수많은 치료를 받았지만 소용이 없었습니다.

병이 더욱 악화된 상태에서 큰일이 일어났습니다. 남편이 근무지(코르푸섬)로 간 사이 독감을 심하게 앓던 아들이 죽었습니다. 열 살 난 아들은 우리 부부의 유일한 기쁨이었습니다. 저는 살리지 못했다는 죄책감에 시달렸습니다. 차라리 모든 것을 포기하고 싶었습니다.

근무지에서 돌아온 남편은 저를 새로운 병원으로 데려갔습니다. 그 병원에서 약물 치료와 여러 가지 치료를 병행했고, 유명한 온천에서 한 달 동안 요양도 했습니다. 그러나 소용이 없었습니다.

천식이 재발하자 저의 삶은 절망적이었습니다. 그러다 10월에 선생님을 만난 것입니다. 처음 선생님의 강의를 들었을 땐 별다른 기대를 하지 않았습니다. 한 달이 지난 지금 저는 완치되었습니다. 불면증도 우울증도 요술을 부린 듯 사라졌습니다. 이제는 아주 건강하고 자신감마저 생겼습니다. 정신적으로도 안정을 찾았습니다.

아이를 잃은 상처야 아물지 않겠지만, 그래도 저는 행복합니다. 왜, 진작 선생님을 만나지 못했을까요? 진작 만났더라면 제 아이에게 명랑하고 활기찬 엄마의 모습을 보여 줄 수 있었을 텐데 아쉽습니다. 거듭 고맙습니다. 선생님!

E. 이티에

☺ .... 🖌

낭시에서 7월 강연에 참석했을 때보다 건강이 많이 호전되었다는 사실을 알리기 위해 이 편지를 씁니다. 아마도 선생님이 좋아하실 거라 생각합니다. 10년간 하루도 안 아픈 적이 없는 사람이라고 말하면 기억이 나시겠죠. 낭시에서 일주일을 머물고 나서 통증이 사라졌고, 이제는 더 이상 아프지 않습니다.

Mr. J

☺ .... 🖌

암시 글귀를 암송하면서부터 저는 꾸준히 호전되고 있습니다. 제 건강이 빠르게 호전되자, 주변 사람들이 놀라면서 선생님의 자기암시법을 믿게 되었습니다. 사람들은 요즘 저를 알아보기 힘들다고 합니다. 저는 예전과 정말 달라졌습니다. 정말 많이 좋아졌지요. 이렇게 건강해졌다는 사실을 얼마 만에 느끼는 건지 참으로 가슴이 벅차네요.

Mrs. M

☺ .... 🖌

몇 년 전 저는 뇌진탕에 걸려 몸이 마비되는 증상을 앓고 있습니다. 의사의 치료를 받았으나 그 어떤 치료도 효과를 보지 못했습니다. 치료에 차도가 없자 담당 의사는 저를 요양원으로 보냈습니다. 6개월이 지난 후에도 저는 1시간에 겨우 900m밖에 걷지 못했습니다. 정신 상태 또한 호전되지 않았습니다.

그러던 어느 날 선생님이 저술한 자기암시법을 읽고 그것을 실행해 옮겼습니다. 얼마 지나지 않아 놀랍게도 건강이 더 좋아졌습니다. 지금은 15km도 걸을 수 있습니다.

Mr. S

6부

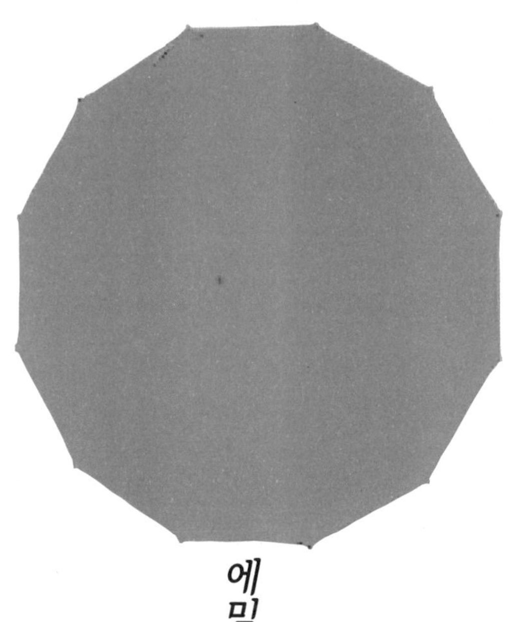

에밀 쿠에를 만난 에밀 레옹

에밀 쿠에의 자기암시

에밀 쿠에를 만난 에밀 레옹

누구는 좋은 것을 가지고 혜택을 누린다. 그런데 누구나 혜택이 돌아갈 수 있다는 사실을 알면서도 그 사실을 대부분 모른 체한다. 이런 사실을 알았다면 주변 사람들에게 적극적으로 알리는 것이 좋은 일 아닐까?

누구나 에밀 쿠에 씨의 자기암시법을 알면 놀랄 만큼 효과를 볼 수 있다. 그렇다면 자기암시법이 고통을 받는 사람들에게 얼마만큼 새 삶을 살게 할 수 있을까?

지난해 4월, 파리에서 에밀 쿠에 씨를 만났다. 그때 들었던 인터뷰 내용을 적는다.

질문자

유신론과 관련된 질문입니다. 자기암시를 하려고 할 때 하느님의 말씀에 따르는 것은 가치가 없습니까?

쿠에

우리가 원하거나 원하지 않거나 상상과 의지가 대립할 때 항상 상상이 의지를 지배합니다. 하지만 우리는 이성에 따라 올바른 길로 갈 수 있습니다. 상상은 의식적인 것이 자동적인 과정을 거치는 것이지요.

질문자

네, 맞습니다. 높은 의식적 차원에서 실행되는 의식적 자기암시는 우리 스스로 만든 장애물로부터 자유로울 수 있는 상상의 힘이 됩니다. 장애물은 커튼과도 같습니다. 커튼이 햇빛을 차단하는 것처럼 이것이 우리와 하느님 사이에 놓여 있는 것이 아닌가 하는 생각이 듭니다.

그렇다면 고통을 받는 사람들이 이 요법을 어떻게 시작해야 하나요? 좋은 암시를 어떤 식으로 하면 고통에서 해방이 될 수 있겠습니까?

쿠에

강요하거나 훈계하지 마십시오. 그들이 간절히 원하는 것에 대한 자기암시를 하게 하면 됩니다.

질문자

'잠이 든다' '사라진다' 와 같은 말을 반복하면 그 효과가 있다는데 그것을 어떻게 설명할 수 있나요? 반복의 효과를 말씀해 주십시오.

쿠에

같은 말을 반복하면 그 말을 상상하게 됩니다. 그러면 실제(이루고자 하는 것)가 현실로 바뀌게 됩니다.

질문자

내적으로 자신을 통제하려면 어떻게 해야 합니까?

쿠에

자신을 통제하기 위해서는 긍정을 하면 됩니다. 이를 상상하기 위해서는 노력을 하는 것이 아니라 자주 반복하는 것입니다.

질문자

외적으로 자유를 얻으려면 어떻게 해야 합니까?

쿠에

자기 통제는 정신적인 것인 만큼 몸에 적용됩니다. 정신을 통제할 수 있다면 곧 몸도 그렇게 됩니다.

질문자 (고개를 끄덕이며)

통제를 못하면 고통을 피할 수 없습니다. 자기암시로 고통을 이길 수 없다면 어떻게 해야 합니까?

쿠에 (진지하면서도 단정적으로)

물론 그렇게 되어서는 안 됩니다. 그렇지만 가끔, 아니 일시적으로 그럴 수 있습니다.

질문자

완치된 환자들도 가끔은 끔찍한 발작을 하는 경우가 있는데 어째서 그런 겁니까?

쿠에

발작을 예상하고 두려워하기 때문입니다. 스스로 그렇게 만드는 겁니다. 더 이상 발작은 없을 거라고 마음먹으면 그런 일이 없습니다. 건강해집니다. 정말 그렇게 됩니다.

질문자

자기암시법과 다른 요법과는 어떤 점이 다릅니까?

쿠에

우리를 통제하는 것이 의지가 아니라 상상이라는 점입니다. 이것이 기본이며 근본입니다.

질문자

Mrs. R에게 시술한 요법을 정리에서 말씀해 주시지 않겠습니까? 누가 중요한 역할을 한 것입니까?

쿠에

정리해서 말하자면 이렇습니다. 그 동안 배운 것과는 다릅니다. 우리를 행동하게 만드는 것은 의지가 아닙니다. 상상입니다. 다시 말하자면 무의식입니다. 우리들은 평소에 할 수 있다고 생각합니다. 의식이 있는 상태로 행동하면 원했던 것과 반대의 작용이 일어납니다.

예컨대

불면증에 걸린 사람이 잠을 자려고 애쓰면 잠이 오는 것이 아니라 더 신경이 날카로워집니다.

잊어버린 이름을 기억해 내려고 애를 쓰면 쓸수록 더 생각나지 않고, '잊어버렸다' 고 생각하면 다시 기억납니다.

웃음을 참으려고 하면 할수록 더 웃음이 터집니다.

자전거를 처음 타는 사람은 작은 장애물만 보아도 넘어질까 두려워 그것을 피하려 합니다. 피하려고 애를 쓰면 쓸수록 장애물로 더 돌진하게 됩니다.

위와 같은 일들이 왜 벌어지는지 의식과 상상의 관계를 알면 쉽게 자신을 통제할 수 있게 됩니다. 그렇다면 어떻게 해야 할까? 바로 의식적인 자기암시를 하게 되면 가능해집니다.

의식적인 자기암시는 모든 생각 자체가 현실화된다는 전제가 있어야 합니다. 무엇을 원하든, 그것이 좋든 싫든 육체적이든 정신적이든 '사라진다' 혹은 '이루어진다' 고 계속 반복하면 어느 순간 그렇게 됩니다.

잠자리에서 일어날 때나, 잠자리에 들 때나 "나는 날마다 모든 면에서 점점 좋아지고 있다."라고 스무 번씩 반복해서 암송하면 원하는 것이 이루어집니다.

질문자

우울증으로 시달리는 사람들이 있습니다. 어떻게 하면 좋을까요?

쿠에

우울하다고 생각하는 한 기분이 좋아질 리가 없습니다. 이런 상태를 의식하면 안 됩니다. 무의식 상태에서 '사라진다' 고 반복하면 됩니다. 그러면 심하게 우울하더라도 사라질 겁니다. 거의 확신합니다.

강연장을 찾은 한 남자는 굽은 허리를 지팡이에 의지한 채 서 있었다. 그는 체념한 듯 보였다.

청중들로 가득 찬 강연장에 에밀 쿠에 씨가 들어섰다. 쿠에 씨가 그 남자에게 물었다.

"당신은 32년 동안 류머티즘으로 고생했다고 했습니다. 지금은 걸을 수도 없고요. 걱정하지 마세요. 고통은 길지 않습니다."

그렇게 말한 쿠에 씨는 다시 그 남자에게 말했다.

"눈을 감으세요. 소리 내어 빨리 '사라진다' 라고 말하세요."

이때 쿠에 씨는 손으로 그 남자의 무릎을 20~25초 정도 어루만졌다.

"이제 당신은 고통스럽지 않습니다. 일어서서 걸으세요."

그러자 그 남자가 곧 걷기 시작했다.

"빨리요! 더 빨리! 잘 걸으니 뛸 수도 있습니다. 뛰세요! 어서요!"

그 남자는 마치 어린 시절로 돌아간 듯이 가볍게 뛰기 시작했다. 그 남자 스스로도 놀랐다. 1920년 4월 27일 강연에 참석한 많은 사람들도 놀랐다.

어느 중년 부인이 말했다.

"제 남편은 몇 년 동안 천식에 시달렸습니다. 숨이 너무 벅차 언제 죽을지 모른다는 생각을 했습니다. 담당 의사조차 포기한 상태입니다. 그러던 남편이 쿠에 선생님의 시술을 받고 완치되었습니다."

어느 젊은 여성도 쿠에 씨를 찾아와 고맙다는 말을 전하려 했다. 그녀와 함께 참석한 의사 바첼 씨가 말했다. 그녀는 몇 년 동안 대뇌 빈혈증에 시달렸는데, 어떤 방법을 써도 낫지 않는다고 말했다. 그런데 의식적 자기암시법을 쓰자 요술을 부린 듯 병이 사라졌다고 한다.

다리를 다친 어떤 환자는 고통을 참으며 걸을 수밖에 없었다. 그도 자기암시법을 써서 정상적으로 걸을 수 있게 되었다. 더 이상 통증도 느끼지 않았고, 쩔룩거리지도 않았다.

많은 사람들이 증세가 호전되거나 완치되었다고 기쁜 소식을 전했다, 그러자 강연장은 술렁거렸다.

모 박사는 "자기암시는 병을 낫게 하는 무기다."라고 말했다. 또한 모 철학자는 쿠에의 천재성을 의심하지 않았다.

아무개 부인이 전직 장관에게 쿠에 씨를 어떻게 생각하냐고 물었다. 그는 감탄하며 "어떻게 표현할지 모르겠습니다. 정말 존경스럽습니다."라고 대답했다.

질병으로 통증에 시달리다 건강을 회복한 어느 유명한 여성은

"오! 저는 쿠에 선생님 앞에서 무릎을 꿇을 수도 있습니다. 그래요, 신과 같은 분이시죠!"라고 흥분된 목소리로 소리쳤다. 어느 여성은 "그래요. 그분은 신의 전달자가 맞습니다."라고 말했다.

어느 아주머니가 말했다. "나이가 들면 병이 든다고 생각했죠. 그런데 생각을 바꿨습니다. 날마다 건강해진다고 마음을 먹으니 정말 건강해져서 기쁩니다.

쿠에 선생님의 요법은 얼마든지 가능합니다. 제 자신이 이렇게 건강하고 행복하니 요법의 효과를 입증한 셈이죠. 저는 완치되어 건강한 삶을 살고 있습니다.

이때, 어디선가 부드러운 목소리가 들려왔다. '마스터!' 이 호칭은 쿠에 씨가 좋아한다.

한 젊은 여성이 몹시 감격한 듯 말했다. "쿠에 선생님은 목적이 분명합니다. 확신을 가지고 환자들의 고통을 사라지게 합니다. 선생님은 관용과 지식을 베풀어 환자 스스로 기적의 힘을 깨닫게 합니다."

한 여성은 어느 작가에게 은혜로운 요법을 한 마디로 표현할 명언을 부탁했다. 그 작가는 '사라진다'가 명언 중에 명언이라고 단언했다.

병이 호전되고 완치된 수많은 사람들은 쿠에 씨의 자기암시법에 반론을 제기하지 않았다.

병에 시달리던 어느 여성이 입을 열었다. "저는 자기암시법을 읽는 동안 그 요법 자체가 그 어느 것보다 훌륭하다는 사실을 깨달았습니다. 하나도 빼거나 더할 것도 없지요. 이제 우리가 해야 할 일은 이 요법을 널리 전하는 겁니다. 저도 가능한 방법을 총동원해서 널리 알리겠습니다."

겸손한 쿠에 씨가 사람들에게 말했다.

"저는 사람을 끌어당기는 힘이 없습니다. 그러니 저는 영향력이 없는 겁니다. 저는 아무도 시술하지 않습니다. 그리고 제가 가르친 사람들도 저와 같은 생각일 겁니다. 저는 진심으로 제가 가르친 사람들이 이 귀한 요법에서 배운 대로 자기암시법을 잘 실행할 거라고 믿습니다."

세월이 흘러 먼 훗날 자기암시법을 열띠게 강의할 그런 창시자는 볼 수 없을 것입니다. 대신 자기암시법이 무수히 많은 병든 사람들에게 치유의 기회를 줄 겁니다.

"자기암시는 영원하며, 관용을 베푸는 프랑스인들에 의해 전세계로 전파되어야 한다."

어느 작가의 말이 옳다. 자기암시법에서 그 고통을 이기는 단 한 마디의 글귀 즉, "사라진다. 이것이 명언 중에 명언이오!"

파리에서

7부

에밀 쿠에가 말하는 긍정의 기적

에밀 쿠에의 자기암시

에밀 쿠에가 말하는 긍정의 기적

여러분들 중에는 자기암시를 해봤어도 그것이 어떤 것인지 잘 모르지요?

여러분에게 자기암시가 어떤 것인지를 간략하게 설명하겠습니다. 먼저 두 가지를 말하겠습니다.

첫번째, 우리의 마음속에 있는 생각은 현실이 됩니다. 사실이 아니라고 해도 그렇게 됩니다. 왜냐하면, 열 사람이면 열 사람 모두 보는 관점이 다르게 현실로 나타나기 때문입니다.

1

어떤 사건 현장에서 30명의 목격자가 있다고 가정합시다. 그러면 법정의 증인석에서 30가지의 진술을 듣게 될 것입니다. 그것은 목격자가 서로 다른 시각에서 사건 현장을 보았기 때문입니다. 어떤 사람에게는 무죄로 보일 것이고, 또 어떤 사람에게는 유죄로 보이는 것과 같습니다.

이처럼 각자 마음속으로 생각하는 것이 현실이 됩니다. 조건이 성립되는 선에서 자연스럽게 말입니다. 여기서 다른 생각이 있을 수도 있으니 실제의 조건을 예시로 들었습니다. 그것은 불가능한 생각일 수도 있기 때문입니다.

예컨대 사고로 인하여 다리 하나를 잃은 사람이 그 다리가 생기길 바란다면 가능할까요? 그런 일은 현실적으로 불가능합니다. 하지만 있을 수 있는 현실 가능한 생각을 한다면 현실이 됩니다.

2

밤에 잠이 안 온다고 생각하면 잠이 안 오는 것이지요.

불면증이 뭐라고 생각하세요?

잠자리에서 잠을 자지 못할 거라고 생각하는 겁니다. 밤에 잠을 잘 자는 사람은 잠자리에 들면 잔다는 것을 아는 사람입니다.

3

변비라고 생각하면 변비에 걸리게 됩니다. 변비에 좋다는 약을 먹지 않으면 변을 볼 수 없다는 생각 때문입니다.

변비 환자에게 약을 준다고 가정합시다. 보통 약처럼 제조했지만 캡슐 속에 전분 가루나 빵 가루가 들어 있습니다. 변비에 걸린 사람에게 이 가짜 변비약을 투약합니다. 그런 다음 대황 뿌리(대소변 불통·어혈 등에 쓰이는 약재)이나 갈매나무 열매(설사를 하게 하는 약재)의 성분 추출물로 제조한 진짜 변비약을 투약한 것처럼 하면 장(腸)이 정상적으로 연동 운동을 시작한다고 합니다. (위약 효과) 정말 그렇게 됩니다. 물론 약이 가짜라는 것을 모른다는 전제 조건이 붙어야 합니다.

4

환자에게 증류수 주사를 놓고서 모르핀 주사를 놓았다고 말을 하면 진통 효과를 볼 수 있습니다. 이 경우도 마찬가지입니다. 그들은 진통이 완화되었다고 느낍니다.

5

눈이 내리면 길이 언다. 그러면 '미끄러워서 넘어질 거야' 라고 지레 짐작하면 그런 결과가 나타납니다 (넘어진다). 그런 생각이 없는 사람은 넘어지지 않습니다.

이 중요한 사실을 기억하세요? 우리가 마음속으로 어떤 생각을 하게 되면 그때 마다 그것은 실현 가능한 범위 안에서 현실이 됩니다. 만일 몸의 어느 한 부위에 병이 생겼을 때 낫는다는 생각을 가진다. 그러면 낫게 됩니다.

두번째, 일반적으로 말할 때 인간의 가장 뛰어난 능력은 의지(의식)라고 합니다. 그러나 의지(의식)가 아니라 상상(무의식)이라는 것입니다.

우리는 말합니다. 의지(의식)만 있으면 어떤 일이든지 할 수 있다. 하지만 그렇지 않다는 것을 보여 드리겠습니다.

의지(의식)와 상상(무의식) 사이에서 갈등이 생기면 본래 원했던 것을 얻지 못합니다. 뿐만 아니라 정반대의 결과가 생깁니다.

1

취침 시간이 되어도 잠이 잘 안 올 때가 있습니다. 억지로 잠을 청하는 것보다 그저 가만히 있으면 잠이 옵니다. 불행하게도 잠을 자려고 노력하면 뒤척이다 짜증까지 납니다. 당신이 바라던 편안한 잠은커녕 오히려 흥분 상태가 됩니다. 마음속으로는 '잠을 잘 것이다. 그런데 잘 수 없다!' 라고 생각합니다.

2

이름이 기억나지 않는 경우도 마찬가지입니다. "저 부인 이름이 뭐지? 기억이 안 나. 잊어버렸어!"라고 말하면, 당신은 부인의 이름을 떠올리지 못합니다. 그럴 때에는 이렇게 말해야 합니다. "조금 있으면 기억나겠지." 그러면 '잊어버렸다'는 생각이 '기억나겠지'로 바뀌게 됩니다. 갑자기 "아, 맞아! Y부인이었지!"라고 말하게 됩니다.

3

참을 수 없을 만큼 웃음이 터질 때가 있습니다. 여러분도 웃음을 참으려고 노력한 적이 있겠지요. 참으려고 하면 할수록 웃음이 더 크게 터지는 상황을 경험했을 겁니다. 마음속으로 '그만 웃을 거야. 그런데 못 하겠어!'라고 생각해 버렸기 때문입니다.

4

자전거를 처음 배울 때입니다. 가까이에 있는 장애물이나 작은 돌 등이 보이면 허둥지둥 '어! 피해야지.'라고 생각합니다. 그 순간 충돌할까 봐 겁먹고는 급히 핸들을 돌립니다.

피하려고 하면 할수록 장애물로 더욱 돌진하고 맙니다. 마음속으로 '장애물을 피해야지! 그런데 할 수 없어!'라고 생각했기 때문입니다.

5

말을 더듬는 경우가 있습니다. 말을 더듬는 사람이 '더듬지 말고 인사를 해야지!'라고 생각합니다. 그렇게 생각하고 마음의 준비를 했는데, 말을 더 더듬습니다. '말을 더듬지 않을 거야! 그런데 할 수 없어!' 라고 생각했기 때문입니다.

거듭 말하지만 의지(의식)와 상상(무의식)이 갈등을 하면 우리가 바라는 것을 할 수 없습니다. 그 반대의 일이 벌어집니다.

우리 안에는 두 가지 '나(자아〈自我〉)' 라는 것이 있습니다. 일반적인 의식적 '나' 와 무의식적 '나' 가 있습니다. 무의식적 '나' 는 상상의 '나' 입니다. 상상은 우리들의 안내자가 됩니다.

만일 상상의 '나' 를 의식적으로 조종할 수만 있다면 지금까지 상상이 우리를 이끌어 온 것처럼 순순히 안내할 수 있게 될 것입니다.

예컨대 당신이 말을 타고 있습니다. 그런데 실수로 고삐를 매지 않았습니다. 그런 상태에서 "이랴!"하면서 채찍질을 합니다. 이때 말은 어디로 갈까요? 앞뒤 좌우 마음내키는 대로 달려나갈 겁니다. 결국 말은 당신을 태운 채로 어디론가 달려갑니다.

그와 반대로 말에 고삐를 매었다고 합시다. 당신은 당신이 원하는 쪽으로 말을 몰 수 있습니다. 말은 당신이 조종하는 대로 움직일 것입니다. 그렇게 되면 당신은 원하는 곳에 도달할 수 있지요.

이제 몇 가지 실험을 통하여 이해를 돕고자 합니다. 여러분 가운데 누가 나올까요?

의지(의식)와 상상(무의식)의 충돌을 눈앞에서 입증해 보이겠습니다. '어떤 일을 하고 싶지만 할 수 없어!' 라고 생각합니다.

입증 ①

한 젊은 여성이 쿠에 씨 앞으로 나온다.

"아가씨, 두 손을 꽉 움켜잡아 보세요. 손이 떨릴 때까지 꽉 잡는 겁니다. 그래야 제가 만족합니다."

젊은 여성은 쿠에 씨가 시키는 대로 손을 내밀어 두 손을 떨릴 때까지 꽉 움켜잡는다.

"자, 이제 자신에게 말합니다. '손을 떼야지, 그런데 할 수 없어! 할 수 없어!' 당신의 손은 꽉 붙습니다. 더 세게 붙었습니다!"

참석자들은 여성의 손이 더 꽉 붙는 것을 본다. 그녀는 손을 더 떨면서 열심히 애쓰는 모습이다.

"두 손이 꽉 붙어서 계속 그렇게 있을 것처럼 보입니다. 노력해서 떼어 내려고 하면 할수록 더 꽉 붙게 됩니다! 이제 이렇게 말합니다. '할 수 있어!'"

사람들은 여성의 손이 서서히 떨어지는 것을 본다.

"말도 안 되는 것 같지만 생각하는 것만으로도 현실이 된다는 것을 아시겠지요? 사실, 손을 뗄 수 없다는 생각만큼 어이없는 일은 없습니다."

한 환자가 쿠에 씨에게 질문했다.

"그렇다면, '건강해져야지!' 라고 말하면 되나요?"

"이해를 잘못했군요! 자신에게 '건강해져야지!(의지의 표현)' 라고 말했습니다. 그러면 서로 다른 의지(의식)와 상상(무의식)이 대립을 합니다. 이때 상상(무의식)이 '건강해지려고? 그래 어디 바라는 대로 되나 보라고!' 할 겁니다. 당신이 의지(의식)를 선호하면 제가 말한 정반대의 일이 벌어집니다. 상상(무의식)이 방해를 하는 거죠. 그러니 '건강해져야지!' 라고 말하면 안 됩니다. '점점 좋아지고 있다!' 라고 말하세요."

입증 ②

"S 씨의 말입니다."

"지금까지 치료해 준 전문의들은 의지가 있어야 한다고 가르쳤습니다. 의사들은 모두가 의지를 강조합니다. 베른하임의 한 제자도 제게 의지 적용법을 썼습니다. 그는 1년 반이라는 시간 동안 의지 적용법으로 저의 불면증을 치료했습니다. 그런데 '당신은 치료가 안 됩니다. 그냥 나으면 운이 좋은 거죠! 괴로움에서 벗어날 방법을 체득하세요.' 라고 말했습니다."

"S 씨는 35년간을 불면증으로 시달렸습니다. 그런 그가 4일 동안 깊은 잠을 잤습니다. 잠에서 깨어난 시간이 밤 11시라 다시 자라고 했습니다."

입증 ③

신경증(불면·불안·두통 등 육체적·정신적 이상 증상) 환자가 실험에 참여한다.

"그럼 다시 실험으로 들어갑니다! 선생은 아가씨의 실험 장면을 봤지요? 두 손을 펴시겠습니까? 두 팔을 내뻗은 상태에서 두 손을 잡거나 아니면 두 손을 내민 상태에서 손이 떨릴 정도로 꽉 잡습니다."

그는 실험의 의도를 파악하지 못했는지 주먹을 쥔다.

"실험에 지장이 있군요. 그래도 행복합니다. 저는 선생에게 제가 시킨 행동을 취해 보라고 했습니다. 선생은 방법을 모릅니다. 이런 상태라면 실험은 성공하지 못합니다. 잘 들으세요! 실험에 참여할 때는 항상 '난 할 수 없어.' 라고 생각을 해야 합니다. 크고 빠르게 '난 할 수 없어. 할 수 없어. 할 수 없어!' 라고 말하면서 손을 한 번 떼어 보세요! 정말 '나는 할 수 없어.' 라고 생각을 했다면 손을 뗄 수 없게 됩니다.

그렇죠, 좋습니다! 안 될 것 같아도 항상 그렇게 됩니다. 제가 말한 것이 아닙니다. 본인의 생각이 그렇게 하도록 한 겁니다.

당신에게 증명해 보이고 싶은 것은 당신의 생각이 구체적으로 실현 가능하게 된다는 점입니다. 혼자서는 이와 같은 실험을 하지 마십시오.

실험에 성공하려면 제가 시키는 대로 따라야 합니다. 만약 상대가 무슨 생각을 하는지 모르거나 시키는 것을 따르지 않으면, '난 할 수 없어. 할 수 없어.' 라고 매우 빨리 반복적으로 말하게 합니다. 그렇게 함으로써 '할 수 있어.' 라는 생각을 못하게 합니다. 이런 식으로 가르칩니다. 선생은 확신을 못하는군요. 그래도 지금까지 제가 한 말을 잘 알아들었겠죠?"

그러자 남자가 웃는다.

"웃는다는 것은 바람직한 신호입니다. 혼자서는 이 실험을 하지 마세요. 이런 경우 거의 대부분 실험에 충족할 만큼 조건이 안 됩니다. 그러면 실험에 실패하고 결국 믿을 수 없게 됩니다.

입증 ④

쿠에 씨는 아이와 젊은 남자에게 실험을 한다. 먼저 아이에게 말한다.

"펜을 손가락으로 잡고 '떨어뜨리고 싶지만 할 수 없어!' 라고 해 봐." 그러자 아이는 펜을 잡고 '할 수 없어' 라고 생각을 하면서 떨어뜨리려고 한다. 못한다고 생각하면 할수록 손가락에 힘이 들어가 더 꽉 잡게 된다."

"이제 '할 수 있다' 고 생각해 봐."

그러자 펜이 곧바로 바닥에 떨어진다.

쿠에 씨가 젊은 남자에게 말한다.

"일어나서 자신에게 말합니다. '다리가 움직이지 않는다. 제대로 걷고 싶지만 걸을 수 없어!' 그런 다음 걸어 보세요. 걸을 수 없을 겁니다. 쓰러질 것 같다고 느낄 겁니다."

남자는 일어나서 걸을 준비를 한다. 걸으려고 하지만 중심을 잃고 막 쓰러지려 한다.

"이제 '걸을 수 있어!' 라고 말하세요."

남자는 긴장을 풀고 걷기 시작한다.

이번에는 다른 남자에게 말한다.

"나는 '의자에 붙었어, 일어나고 싶지만 할 수 없어!' 라고 말하세요."

남자는 할 수 없다고 생각한 상태에서 일어나려 한다. 일어나려고 하면 할수록 의자에 꽉 붙은 것처럼 보인다.

"이제 '더 이상 의자에 붙어 있지 않다' 고 생각하세요. '나는 일어날 수 있다' 고요."

"남자는 쉽게 의자에서 일어난다.

"마음속에 새긴 것이 현실화된다는 것을 알겠죠? 물론 적용 범위 내에서 가능합니다. 그러니 우리는 올바른 생각을 계속해야 합니다. 몇 초간 '할 수 없어'라고 마음속으로 생각했다면 바로 그 생각을 '할 수 있어'로 바꾸세요. 비록 처음에 '할 수 없다'고 생각했어도 할 수 있다는 걸 알게 되고, 실험은 성공하게 됩니다."

이제 여러분은 제 말에 공감했습니다. 모두 눈을 감아 주세요. 외부에 시선을 빼앗기지 않으려면 그렇게 하는 것이 좋습니다. 눈을 감으면 마음이 차분해져 집중도 잘 됩니다.

준비가 되었으면 자신에게 말합니다. 제가 하는 모든 말은 마음속에 새겨집니다. 앞으로도 지식이나 의지를 떠나 지워지지 않고 깊이 새겨진 채로 남게 될 것입니다.

여러분과 여러분의 장기(臟器: 내장의 여러 기관)는 무의식 상태에서 제 말을 따르게 됩니다. 제가 드리는 말이 모두 여러분을 돕기 위한 것입니다.

이제부터 여러분의 모든 신체 기능은 점점 좋아집니다. 무엇보다 소화 기능이 좋아집니다. 여러분은 매일 아침·점심·저녁으로 배가 고플 것입니다. 그때마다 즐거운 마음으로 식사를 하게 됩니다. 물론 지나치게 많이 먹지 않습니다. 음식물도 꼭꼭 씹어 넘깁니다. 이것은 모두에게 해당되지만, 특히 간에 이상이 있는 분들은 음식물을 잘 씹도록 주의를 기울여야 됩니다. 잘 씹으면 음식물은 삼키기 좋습니다. 그러면 소화가 잘 됩니다. 점점 그렇게 됩니다. 지금까지 속이 불편했다면 위의 거북한 상태나 통증이 점점 사라집니다. 장염에 시달리고 있는 사람이 있다면 장염 증상이 점점 사라질 것입니다. 장의 염증은 사라지고 염증으로 인한 점액과 점막 또한 사라집니다.

만일 위가 부어 있다면 활력을 되찾아 장상적인 상태로 돌아옵니다. 점차 장의 소화를 촉진시킵니다. 소화가 잘되면 흡수도 잘 될 것입니다. 여러분 모두가 그럴 겁니다. 특히 몸이 허약한 사람들은 더욱 그럴 겁니다. 장기는 영양소를 흡수하여 에너지를 만듭니다. 그 에너지는 혈액과 근육을 만들어 생명을 유지하는 데 쓰입니다.

여러분은 날마다 더욱 튼튼하고 생기가 넘칩니다. 지금까지 여러분을 짓눌렀던 나약함과 피곤함은 사라집니다. 대신 더욱 튼튼하고 생기가 넘치는 모습으로 탈바꿈하게 됩니다. 빈혈이 있는 사람에게 빈혈이 사라집니다. 혈액이 좋아져 건강해집니다. 지금까지 달고 다니던 병마는 모두 사라집니다.

생리 불순으로 시달리는 사람들은 매달 정상적으로 생리를 합니다. 28일 주기로, 생리 기간은 나흘 정도입니다. 양도 많거나 적지도 않습니다. 생리통은 예전처럼 심하지 않을 것입니다. 생리통에 시달리지 않습니다. 뿐만 아니라 생리 중에 겪게 되는 과민 반응도 느끼지 않을 것입니다. 이것은 자연스러운 기능으로 어떤 문제도 일으키지 않습니다.

소화 기능이 좋아지면 대소변도 규칙적으로 이루어집니다. 이것은 건강에 절대적인 것이기 때문에 강조합니다.

여러분은 아침에 일어나서 반드시 화장실에 갑니다. 그렇지 않다면 아침 식사 후 화장실에 갑니다. 그 결과는 매우 만족스럽게 됩니다. 약을 먹지 않아도 손을 쓰지 않아도 됩니다.

밤마다 잠을 자고 싶으면 바로 잠들 수 있습니다. 그리고 원하는 시간에 일어나게 됩니다. 단잠을 자면 악몽도 꾸지 않고 눈을 뜨면 마음이 상쾌해집니다. 기쁘고 행복하다는 걸 느낍니다.

어떤 환경에 처하든, 날씨가 춥거나 덥거나 세찬 바람이 불거나 눈비가 오거나 해도 악몽에 시달리지 않고 단잠을 자게 됩니다. 꿈을 꾸지 않는다는 것이 아니고 단꿈을 꿉니다.

소화·흡수·배설·수면 상태가 좋아지면 신경증도 사라져 평온함이 찾아옵니다. 점차 자신을 다스리는 주인이 됩니다. 육체적으로나 정신적으로 그렇게 됩니다. 모든 병적인 증상은 사라지거나 전보다 호전됩니다. 병에 시달렸던 기억이 남아 있다면 모두 사라지게 됩니다.

끝으로 여러분께 가장 중요한 것을 말씀드리겠습니다. 지금까지 자기를 불신해 왔던 그러한 불신은 점점 사라지게 됩니다. 대신 자신감으로 바뀌게 됩니다. 여러분은 자신감을 가지게 됩니다. 아시겠습니까? 자신감을 가지게 됩니다.

거듭 말하지만, 자신감은 모든 것을 해낼 수 있게 합니다. 이치에 맞는 범주 내에서 그렇습니다. 육체적, 정신적 건강을 바라는 것은 이치에 맞습니다. 이치에 맞는 일이라고 생각하면 그 일이 쉽다고 믿으세요.

입에 달고 사는 '어렵다, 불가능하다, 어쩔 수 없다, 할 수 없다, 그럴 수밖에 없다, 나보다 세다'라는 말은 머릿속에서 완전히 사라집니다. 그렇죠? 가치가 없는 겁니다. 진정한 글귀는 '쉽다! 나는 할 수 있다!' 입니다. 이 말이 당신에게 기적을 만듭니다.

당신이 바라는 일이 쉽다고 믿으면 정말 그렇게 됩니다. 다른 사람들이 어렵게 느껴지는 것이라도 말입니다.

당신은 힘들이지 않고 빠른 속도로 즐겁게 일을 해냅니다. 그렇지만 일이 어렵다거나 불가능하다고 여기면 그 순간 반대의 일이 벌어집니다. 그것은 생각의 차이 때문입니다.

8부

희망을 찾는 사람들

에밀 쿠에의 자기암시

희망을 찾는 사람들

에밀 쿠에 씨의 강연에는 온갖 병을 앓는 사람들이 찾아왔다. 에밀 쿠에 씨는 어떤 가식도, 바라는 것도 없이 오로지 환자들에게 정성을 다한다.

그는 자기 요법(병을 스스로 고치는 법)을 써 본 사람들에게 어땠는지 묻고, 새로 찾아온 사람들에게는 건강 상태를 물으며 그것에 따른 조언과 용기를 준다.

위통과 수족이 굳는 환자 여성에게 쿠에 씨가 말했다.

"당신은 잘 못 걷지만 지금부터는 잘 걸을 수 있습니다. 자, 제 앞에서 걸어 보세요. 빨리, 더 빨리!"

그러자 그녀는 쿠에 씨의 뒤를 좇아 강연장을 돈다. 이전보다 더 쉽게 걷고 뛸 수 있게 되어 기뻐한다.

이번에는 간 부종과 청각 장애가 있는 할머니에게 묻는다.
"할머니는 뭐가 문제인가요? 귀가 안 들리세요?"
"아니, 그게 아니에요."
"제가 묻는 말에 답했으니까 안 들이는 게 아닙니다."
"선생님이 큰소리로 말씀하시니까 들리는 거지요."
"듣고 싶은 것만 듣는 것은 청각 장애보다 더 나쁜 청각 장애입니다."
"오, 저는 안 듣고 싶은 게 아니라 청각 장애가 있는 거예요."
"하지만 제 말을 들으시니까 청각 장애가 아닙니다. 아시겠죠?"
"할머니 또, 어디가 불편하세요?"
"간 주변이 부은 것 같아요."
"어디가 부었는지를 묻는 것이 아니에요. 통증이 있는 부위가 어딘지 묻는 겁니다."
쿠에 씨가 요법을 시행한다.
통증이 있는 부위를 손으로 문지르면서
"사라진다, 사라진다."라고 반복한다.
할머니도 쿠에 씨를 따라
"사라진다, 사라진다."라고 빨리 반복해서 말한다. 그러자 할머니는 몸이 훨씬 편해졌다는 걸 느낀다.
간 부위에 통증을 느끼는 어느 폴란드인 부부가 시술소로 찾아왔다. 쿠에 씨는 남편에게 독일어로 말을 건넨다.

"도움이 필요한가요? 당신의 혀에 있는 종양은 수술해야 합니다. 그렇게 한다 해도 완치될지 확신하지 못합니다.

저는 어떤 사람들에게는 단순히 '당신은 나을 겁니다.' 그것은 제가 확신하기 때문이지요. 그렇지 않으면 '나을지도 모릅니다.'라고 말합니다. 그 말은 제가 확신하는 것이 아닙니다. 오르지 당신의 마음에 달렸다는 말입니다.

"옆의 남자 분은 어떠십니까?"

"네, 저는 병이 나았어요! (참석자를 보면서) 저는 3년 정도 신경쇠약을 앓았습니다. 쿠에 선생님의 시술소에 여섯 번 찾아간 후로, 지금은 병이 씻은 듯이 나았습니다."

"축하합니다! 다 나았다니 정말 다행입니다."

"그래요. 다음 선생님?"

"오른쪽에 통증이 있었다고 했지요?"

"네, 곧 사라질 거예요, 쿠에 선생님."

"암시를 안 쓴다고 하더니, 웬걸요! 잘 쓰고 있군요!"

"그리고 당신은 천식이 있나요? 예전에 이곳을 찾았던 어떤 남자 분 중에 오랫동안 천식으로 고생한 분이 있었습니다. 그분은 시술 후, 숨이 차지 않을 만큼 가볍게 계단을 오르내릴 수 있게 되었지요."

"또 다른 천식 환자 중에 흥미로웠던 사례는 영국에서 온 몰리노 씨의 경우입니다. 그는 무려 25년 동안 천식을 앓았습니다. 밤이면 잠을 잘 수 없었습니다. 침대에 앉아 꼬박 밤을 지새우곤 했습니다. 그러던 그가 이곳에 온 지 3주도 되기 전에 시술을 받고 완치되자, 자기 나라로 돌아갔습니다. 도착한 그는 둘째날 샤모닉스 산을 1.8km 등반하고 이어서 다음날은 2.1km까지 올라갔습니다. 우울증까지 있었던 그가 행복한 사람으로 변했고, 젊음을 되찾아 자신을 우뚝 일으켜 세웠습니다. 그가 활기를 찾자, 저는 참으로 기뻤습니다. 그의 딸인 미스 M도 이곳에 와서 좋은 결과를 얻었지요."

"부인은 어떻습니까?"

"방광염이 있었는데 지금은 훨씬 좋아졌어요. 더 이상 소변에 침전물도 생기지 않아요. 그런데 요즘은 세탁물에 시달리다 보니 다리가 욱신욱신 쑤셔서 잠을 못 자겠어요."

"쉽게 없어질 통증이 아니네요. 방광이 많이 좋아졌다고 하셨지요? 그처럼 아픈 다리도 빨리 좋아질 거예요."

"부인의 심장은 좀 어떻습니까?"

“네, 선생님! 병원에서 치료를 받았지만 크게 효과를 보지 못했어요.”

“의사들이 심장 상태가 좋지 않다고 했군요. 가슴이 두근거립니까? 계단을 오르면 숨이 차나요? 얼마 전에 이곳에 온 어떤 여자분도 심계 항진증(심장의 고동이 높아지는 질병)이 있었습니다. 그녀는 이제는 쉽게 계단을 오르내립니다. 부인도 좋아져서 저에게 기쁨을 줄 거라고 믿습니다.”

쿠에 씨는 어떤 부인에게로 가까이 다가간다.

“부인은 우울증이라고 했지요? 그런데 전혀 우울해 보이지 않네요. 지금 웃고 있지 않습니까? 자신을 기분 좋게 보살피세요. 어두운 감정은 훌훌 털어 버려야 합니다. 떨지 마세요. 손도 발도 다리도 떨 필요가 없습니다. 더 이상 떨지 않을 겁니다.”

“떨고 있네요? 저는 지금 떨지 않을 거라고 말했습니다.”

“선생님, 저에게 제일 큰 문제는 몸이 저리고 감각이 없다는 거예요.”

“그런 느낌을 지워 버려야 합니다. 노력(의지)만으로는 안 됩니다.”

“저녁에는 좋아졌다고 생각하지만, 아침에 일어나면 뇌에 무슨 문제가 있는 게 아닐까? 두려움이 앞섭니다.”

"네, 누구나 두려움은 있게 마련이죠. 그것이 사람을 죽게 할 수도 있습니다. 어느 날 대여섯 명의 친구들이 이런 말을 주고받았습니다.

'우리 K에게 장난질을 해볼까?'

K가 나타나면,

'너 무슨 일이 있어?' 라고 말하는 거야.

때마침 K가 나타났다. 그 중 한 친구가 말을 건넸다.

'너 오늘 무슨 일이 있어. 어디 아프니? 정말 이상해 보여!'

'아니, 안 아픈 것 같은데? 별 문제없어!'

잠시 후 다른 친구로부터 이런 말을 듣습니다.

'너 얼굴이 노랗구나! 어디 아픈 거야? 정말 아파 보이는데!'

K는 머뭇머뭇하면서 말합니다.

'아니, 난 아무렇지도 않아. 근데 이상한 건 아까도 어떤 친구로부터 이상한 말을 들었어!'

이어서 세 번째 친구를 만납니다. 그 친구도 그에게 아파 보인다고 말합니다. 그리고 네 번째, 다섯 번째도 이와 같은 말을 건넸답니다. K는 정말 아파서 침대에 누워버렸답니다."

이야기를 마친 쿠에 씨는 어떤 남자에게 다가간다.

"선생님은 신경 쇠약이시죠? 옆의 신사 분께 자신의 병을 스스로 고치는 자기암시의 글귀를 물어 보세요. 잘 말해 줄 겁니다. 그는 이 방법으로 완치되었습니다."

"저는 잠을 못 자요."
"이제는 잠꾸러기처럼 잘 자게 될 겁니다. 그리고 모든 것이 다 잘됩니다. 얼굴에서 그런 조짐이 보이네요. 웃어 보세요."

옆에 있던 남자도 힘들다는 듯 말한다.

"저는 신경 쇠약으로 더 이상 글을 못 쓰겠어요. 말도 빨리 못하겠어요. 너무 슬퍼요. 그리고 생각도 잘 안 나요."

"생각이 잘 나지 않는다고요? '더 이상 생각하지 못하겠어.' 라고 말하는 것 자체가 생각하고 있다는 증거 아닙니까? 당신을 웃게 만드는 처방을 내리겠습니다. 정말 훌륭한 처방입니다. 매번 우울한 생각이 들 때마다 거울 앞에 서서 자신을 바라보세요. 그리고 껄껄 웃는 겁니다. 그렇게 하다 보면 웃는 모습이 자연스럽게 느껴질 겁니다. 그러면 어느새 신경 쇠약이 사라집니다. '신경 쇠약은 사라진다' 고 했습니다."

"부인은 어떠십니까?"

"통증을 느낄 때마다 선생님께서 가르쳐 주신 요법을 써요. 하지만 때때로 통증이 지속돼요."

"이 사실을 잊으면 안 됩니다. 제가 병을 낫게는 못합니다. 부인은 지금 증세가 나아지지 않는다고 했습니다. 당장 이렇게 말하세요. '오늘은 나쁘지 않아. 내일은 더 좋아질 거야.'"

그리고 옆의 부인에게 다가간다.

"위는 좀 어떻습니까?"

"음식을 먹으면 소화를 잘 못 시켜요."

"네, 곧 소화가 잘될 겁니다."

또 다른 부인이 쿠에 씨에게 호소한다.

"저는 두려움을 극복하고 싶습니다."

"아, 두려워지는 게 무섭군요. 낮 동안은 괜찮다고 했지요?"

"네, 밤에 만에 그래요. 숨이 막히는 것 같고 기침도 많이 납니다."

"암시는 잘하고 있나요?"
" 네, 매일 하지요."
"그럼 점점 나아집니다."

이때, 쿠에 씨가 한 부인을 알아보면서 말을 한다.

"부인은 계속 좋아지고 있군요. 런던으로 돌아가면 아무도 못 알아보겠습니다. 처음 봤을 때에는 뭐랄까, 자포자기(自暴自棄)한 것 같아 보였어요. 배에 타고 있었다면 갑판에서 뛰어내릴 수도 있겠구나! 누군가 옆에 꼭 붙어 있어야 하겠지? 지금은 그런 생각이 들지 않네요. 왜 그런지 아시겠죠? 이곳에 온 지 2주밖에 안 되었는데 제가 놀라고 있어요."
"네, 선생님. 정말 새로 태어난 기분이에요."
부인의 말에 쿠에 씨는 웃었다. 그러면서 어느 젊은 여자에게로 시선을 돌린다.
"아가씨도 점점 좋아지고 있지요?"
"네, 얼마 전에 친구가 죽었는 데 눈물이 나질 않았어요. 그냥 웃고 싶더라고요!"
"아, 지나친 것 아닌가요? 강심장인가 봐요. 어쨌든 좋습니다. 성과가 있습니다."

그리고 떨림 증세가 있는 영국 여성에게 가서 말한다.

"정말 많이 좋아졌습니다. 어제 자리에서 일어나 꽤 많이 걸었지요. 오늘 아침에는 어땠습니까? 매일 그렇게 될 겁니다. 항상 자신에게 '할 수 있다' 고 말하세요. 곧 달릴 수 있게 될 겁니다! 낫는다는 희망이 아닙니다. 확신합니다."

참석자인 한 여성에게 말한다.

"아가씨가 누군가의 차에서 내리는 것을 봤습니다. 누군가가 옆에서 부축했지요. 예전에도 그랬나요? 지금부터 도움을 받지 않아도 내릴 수 있습니다."

쿠에 씨는 왼쪽 눈이 실명 위기에 있는 젊은 여성에게로 다가간다. 그녀는 쿠에의 요법으로 시력을 회복했다.

"자, 아가씨. 어디 시력 검사를 해봅시다."

그녀를 두고 쿠에 씨는 시야에서 점점 멀어진다.

"이 정도에서도 보이죠?"

"정말 많이 좋아졌어요! 조금 있으면 대성당 위로 날아다니는 파리도 볼 수 있겠군요!"

사람들이 박수를 치며 환호한다.

"여기서 마르세유 도로 표지판도 볼 수 있을 겁니다. 만약 안대를 계속하고 있었다면, 정말 시력을 잃었을 겁니다. 암시법으로 시력을 회복한 겁니다."

그리고 참석자들에게 이렇게 말했다.

"이 아가씨는 뇌수막염으로 두 살 때 왼쪽 눈의 시력을 거의 잃었습니다. 그때부터 계속 안대를 착용하고 지냈지요. 왼쪽 눈으로는 아무것도 못 보고 살아온 겁니다. 그러다 보니 자연히 마음속에 '나는 볼 수 없어' 라는 생각이 굳어져 버렸지요. 그 결과 오른쪽 눈을 지나치게 혹사시킬 수뿐이 없었던 거죠. 조심하지 않으면 두 눈의 시력을 모두 잃었을 것입니다. 예전 같았으면 피아노를 2분도 채 못 쳤지요. 그런데 지금은 2시간도 넘게 칩니다. 왼쪽 눈으로 바느질도 하고 책도 볼 수 있게 되었습니다."

그리고 어떤 부인에게 말한다.

"부인은 달라진 게 없다고요? 잘 걷잖아요! 그렇죠? 안 좋아진다는 생각을 하지 마세요. 반드시 좋아집니다. 그렇게 되는 게 정상입니다."

이번에는 한 청년에게 말한다.

"자네 감기는 어떤가? 아직 안 낫다니, 감기를 너무 좋아하는 것 아니야? 그건 그렇고 전에 있었던 종기와 여드름은 많이 없어졌네. 정말 좋아졌어!"

이때 한 영국 여성이 말한다.

"쿠에 선생님! 왼쪽 눈을 낫게 해주시겠어요? 목구멍도 꽉 죄는 것 같아요."

"부인의 목은 곧 풀릴 겁니다. 신경성이에요. 수술할 때 절개한 자국이 있다고 했지요? 항상 똑같은 느낌이 드나요?"

"어떤 때는 심하고 어떤 때는 덜합니다."

"그렇다면 절개 말고도 다른 원인이 있다는 겁니다. 만일 절개 때문이라면 항상 같은 느낌이 들어야 합니다. 부인은 심적으로 영향을 받고 있어요.

얼마 전에 이곳에 말을 거의 못하는 소년이 왔습니다. 강연 중에 거의 정상적으로 말을 할 수 있게 되었습니다. 그 소년이 다시 찾아오질 않으니 별 문제가 없는 것 같아요. 이유는 병이 낫다는 것이겠죠!"

다음날 강연

쿠에 씨가 다시 사람들에게 묻는다. 먼저 목 통증이 있는 사람 앞으로 가까이 간다.

"목이 조이는 느낌이 있었지요? 그런데 어제 그 목으로 소리를 냈다고요?"

"노래를 불렀는데 정말 끔찍했어요. 무서울 정도였어요."

"노래를 시작해서는 안 되지요. 피아노를 한두 음을 누르고, 그 음을 따라 부르기부터 하세요. 처음에는 한 음도 제대로 못 냈던 사람이 소리를 낼 수 있다고 확신하면 다른 음들도 낼 수 있게 됩니다."

그리고 목이 안 좋았던 다른 부인에게 말한다.

"부인은 열네 살까지는 은반에 옥을 굴리는 듯한 고운 목소리였다지요? 그런데 수술을 받은 뒤 성대에 이상이 생겼다고요?

예전처럼 고운 목소리를 낼 수는 없습니다. 부인의 목소리는 허스키해졌으니까요. 그래도 무리하지 않는다면 점점 좋아질 겁니다. 그건 충분히 가능한 일입니다."

그때 한 남자가 강연장 안으로 들어왔다. 쿠에 씨가 그 남자에게 물었다.

"구경을 하러 왔습니까?"

“도움을 받으러 왔습니다.”

“좋습니다. 당신은 이곳에 없을 때에도 시행할 수 있는 요법을 가르쳐 드리겠습니다. 당신에게는 어떤 문제가 있습니까?”

“신경 쇠약입니다.”

“그 병은 곧바로 낫지 않습니다. 예수님이 십자가를 짊어지고 가실 때에도 한 번 이상 쓰러지셨습니다. 우리 인간들도 그와 마찬가지입니다. 시간이 지나면 많이 좋아질 겁니다.”

새로 온 다른 사람이 이야기한다.

“저는 20년 동안 제대로 잠을 자본 적이 없습니다.”

“네, 이 요법을 잘 시행하면 잠꾸러기가 될 겁니다. 두고 보세요.”

“베른하임 선생님한테 치료를 받았지만 잠이 오지 않았어요.”

“사람을 억지로 재우는 것은 바람직하지 못합니다. 그들은 잠이 들지 않으면 낫지 않는다고 말합니다. 저는 아무도 재우지 않습니다.”

그의 강연을 듣고 있던 옆의 사람도 용기를 내어 말했다.

“저는 날씨와 바람의 영향을 많이 받습니다. 날씨 때문에 정말 안 좋아요. 며칠 전에도 몸이 안 좋았어요. 아침에 일어났는데 피곤하고 기분이 가라앉더라고요. 그 순간 ‘날씨가 변하겠구나.’ 했어요.”

“저는 날씨를 앞서 예측하지 못합니다. 하늘을 쳐다보지 않으면요! (웃음) 당신도 바람이나 날씨에 영향을 받지 않을 날이 올 겁니다.”

강연에 온 어떤 아가씨가 말했다.

“저는 파리에서 머물렀습니다. 그 당시 거리로 나가는 게 무서웠어요. 밖에 나가는 게 두려웠어요. 소리가 나면 제 심장은 마구 뛰었어요. 그런데 이곳에서 자기암시법을 배운 뒤로 두려움이 사라졌어요.

지금은 화실을 운영하고 있어요. 예전에는 아무 생각도 상상도 할 수 없었어요. 화실에 들어가는 것조차 끔찍했거든요. 이제는 상상도 생각도 한답니다. 즐거운 마음으로 작업을 하지요.”

쿠에 씨가 어떤 영국 여자에게 다가간다.

“부인은 여행을 다녀왔지요?”

“네, 선생님! 어제 기차에서 어떤 소녀를 만났는데 두통 때문에 머리가 아프다고 했어요. 저는 두통을 낫게 할 수 있다고 말하면서 선생님의 요법을 알려 주었어요. 그 애는 제 말에 귀를 기울였지요. 그리고 암시를 걸자 두통이 사라졌어요. 헤어질 때 소녀는 전혀 아프지 않았어요!”

“듣던 중 반가운 소리입니다.”

모두 환호를 하며 박수를 쳤다. 이때 누군가 질문을 던졌다.

“왜 어떤 사람은 더디 낫고, 어떤 사람은 빨리 낫는 건가요.”

“상상(말의 고삐〈암시〉를 잡아야 말을 잘 다루는 것처럼)을 다루지 못하는 사람은 시간이 오래 걸립니다.”

영국 여자가 이어서 말을 했다.

“저는 시골의 한 별장을 간 적이 있었어요. 그곳의 여주인은 정맥류 궤양을 앓고 있었어요. 우리는 별장 주인에게 암시법을 썼지요. 그러자 그 여주인은 편해졌다고 말했습니다. 이때 여주인이 몸 한 쪽 부위의 마비 증세와 얼굴 왼쪽 부위의 발진은 설명했지만, 왼쪽 눈이 나쁘다는 말은 하지 않았어요. 우리는 다시 여주인에게 암시법을 썼어요. 시술을 마치자 여주인은 전체적으로 많이 좋아졌다고 하며 눈을 떴습니다. 그런데 이상하게도 왼쪽 눈이 더 잘 보인다는 거예요. 눈이 안 좋다는 사실을 모르는 채 암시법을 썼거든요. 생각지도 못했던 무의식 자아가 여주인의 시력을 좋게 했나 봐요.”

쿠에 씨가 이번에는 신경 쇠약으로 고통을 받는 아이에게 다가갔다.

“어린 친구, 암시를 잘하고 있지? 어머니, 아이의 발작이 두세 달에 한 번 일어난다고 했지요? 좋아진다고 생각하시죠? 좋아요! 어머니나 아버지가 밤에 아이에게 암시를 계속 거세요. 얼마 안 지나 아이가 완치될 거라고 확신합니다.”

그런 다음 한 부인에게로 다가갔다.

“부인, 어제 경과를 잘 지켜봤습니까? 네 아주 좋습니다. 자기암시는 그저 수단입니다. 신체 일부분이나 전신에 통증이 느껴질 때 그것을 그냥 내버려 두면 안 됩니다. 호라스가 ‘자기 자신에게 지면 안 된다!' 고 한 말과 같습니다."

"부인은 어떠습니까?"

"저는 훨씬 좋아졌습니다. 의사 선생님도 신경성이라며 쿠에 선생님을 찾아가라고 했어요. 선생님만이 제 병을 고칠 수 있다고 말했어요."

"제가 부인의 병을 고칠 수 있다고요? 고치는 것은 제가 아닙니다. 요법에 대한 것을 알려 드렸지요? 제가 할 수 있는 것은 아무것도 없습니다. 제 말을 못 믿어도 할 수 없습니다. 제가 알려 드린 것은 요법뿐입니다. 쓰는 것은 부인입니다. 병을 못 고친다고 해도 제가 못 고친 거라고 말해서는 안 됩니다. 알려 드린 요법에 따라 병을 고치지 못했다면 부인께 문제가 있는 겁니다."

말을 마친 쿠에 씨는 아들과 함께 온 한 부인에게로 다가갔다.

"부인, 아들은 어떠습니까?"

"한 살 무렵 경련(경기)으로 다리가 뒤틀렸어요. 조금 걸어 보렴, 보세요. 약간 절뚝거려요."

아이는 걷지만 절뚝거린다.

"아이는 고관절(엉덩이뼈와 넓적다리뼈가 맞물리는 부위)통이 있거나 한쪽 다리가 다른 쪽보다 약간 더 짧을 겁니다. 걸을 때 아프니?"

"안 아파요."

"아프지 않다면 한쪽 다리가 짧다는 겁니다. 게다가 더 가늘지요. 양쪽 다리에 영양 공급이 고루 이루어지지 않았기 때문입니다. 어제 이곳에 온 어떤 남자는 한쪽 다리에 위축 증세가 있었습니다. 암시법을 쓰자 성과가 있었습니다. 한쪽 다리는 길어 비정상적인 상태였고, 종아리의 굵기도 서로 크게 달랐어요."

"아이의 다리가 굽었다는 사람도 있어요."

"다리는 좋아질 겁니다. 가능성이 있습니다. 그렇다 해도 시간이 걸립니다. 근육이 새로 만들어져야 하니까요."

"그리고 아가씨는 자주 두통이 생긴다고 했지요? 거의 매일. 이제 얼마나 빨리 두통이 사라지는지 보게 될 겁니다."

"저는 어렸을 적에도 일요일만 되면 두통이 생겼어요. (웃음) 일주일 내내 중얼거리듯이 '아, 다음 주 일요일에도 머리가 아프면 어쩌지?' 라고 생각하며, 일요일마다 통증이 생기는 걸 예상했어요. 9시에 두통이 시작될 거라고 생각하면 그 시간에 어김없이 두통이 시작되었지요."

"지금은요?"

"지금은 생각할 시간이 없어요, 결혼을 한 이후로 할 일이 너무 많이 생겼어요."

쿠에 씨는 한 사람 한 사람의 이야기를 들은 다음, 적절한 암시를 하면서 지나간다.

“갈비뼈 근처에 통증이 있고 귀에 염증이 있다고 했습니까? 한쪽 귀도 안 들린다고요? 완전히 낫는다는 확신은 못하지만 어느 정도는 가능합니다. 계속 고름이 나옵니까? 자기암시를 하면 무의식적 자아는 염증 부위를 치료하게 되므로 청력이 돌아올 가능성이 높습니다. 어떤 남자는 철도 회사에서 연금을 받고 퇴직했습니다. 그는 작업 중에 고막을 찢겨서 청력을 잃었습니다. 그런 그가 자기암시로 청력을 회복했습니다. 물론 예전처럼 정상적이지는 않지만 알아들을 정도는 됩니다.”

“부인은 간결장이라고요? 간결장은 간 기능이 정상이 아니기 때문에 생깁니다. 담즙은 알칼리성이 아니라 산성이에요. 보건데 담석은 없네요. 있다면 얼굴에 황달기가 있지요.

담낭에 끈끈한 콜레스테롤이 쌓이면 담석이 만들어집니다. 담석은 분해되지 않고 계속 커집니다. 그래서 담석이 담낭관을 지날 때마다 통증을 느끼는 거지요. 담석은 불순물이 생기지 않는 한 만들어지지 않습니다.”

“제가 처음 본 자궁염 환자는 24년 동안 자궁염을 앓던 어떤 부인이었죠. 의사들은 수술을 하라고 했습니다. 부인은 수술을 포기하고 자기암시법으로 시술을 받았는 데 빠르게 치유되었습니다.”

“정맥류 궤양은 일반 치료로는 완치가 불가능합니다. 그런 병도 자기암시로 쉽게 나을 수 있습니다."

몸에 상처가 있는 사람이 쿠에 씨의 암시를 듣다가 말한다.

"저는 항상 연고를 바르고 밴드를 붙입니다."
"그럼 이제부터 암시라는 연고를 항상 발라 보세요. 종종 바르고 있지요?"
그 말을 듣던 한 남자가 마음이 흡족한 듯 말한다.
"저는 8개월 전, 다리에 심한 상처를 입었습니다. 찢어진 상처가 선생님을 만난 지 세 번만에 다 나았어요. 새 살이 나온 지는 얼마 되지 않았지만 나은 거나 다름없지요!"

쿠에 씨가 고개를 끄떡이더니 한 부인에게 묻는다.

"항상 우울한 생각이 떠오른다고요?"
"네, 매일 아침 잠에서 깨어나면 빠져 죽는 생각을 해요."
"부인은 우울한 대신 기쁨 속으로 빠지게 될 겁니다."
"이번 여름에 선생님을 뵙고 많이 나았는데 암시하는 것을 가끔 잊어요. 그래서 다시 찾지 않으면 안 되겠다는 생각이 들었어요."
"제가 친절했기 때문일 거예요. 자기 전과 일어나기 전에 암시를 거는 것처럼 간단한 일도 없을 겁니다. 밥 먹는 것은 잊지 않았겠죠. 먹는 것은 잊더라도 암시는 꾸준히 규칙적으로 해야 합니다."

습진으로 고생하는 여성이 쪼글쪼글한 손을 보이며 큰소리로 말했다.

"제 손은 엉망이에요! 열네 살 때부터 이랬어요."

"손을 씻을 때 비누나 세정제로 씻지 마세요. 평소에 손을 씻듯이 씻어서는 안 돼요. 솜에 오일을 묻혀 손에 잘 발라 줍니다. 수건을 따로 두고 쓰세요. 계속해서 손에 물을 묻히면 암시도 통하지 않습니다. 상태는 악화되고 악화되면 손톱으로 긁게 될 겁니다."

"당신은 무엇이 문제지요?"

"저는 불안증으로 말을 더듬거립니다."

"정말, 말을 더듬는다고 생각하세요? 당신은 말을 더듬지 않아요! '안녕하세요?' 라고 말해 보세요. 말을 더듬지 않는다는 걸 알겠죠? '나는 좋아질 거라 확신한다.' 라고 해볼까요? 앞으로는 더 이상 말을 더듬지 않겠다고 상상하세요. 말을 더듬는 사람들도 제 앞에 오면 더 이상 말을 더듬지 않습니다. 그들은 스스로 '더 이상 말을 더듬지 않을 거야!' 라고 말합니다.

"어느 날, 어떤 젊은이가 말을 더듬는 것 때문에 저를 찾아왔습니다. 저는 '자네는 나를 웃기려고 하나? 전혀 말을 더듬지 않는데.' 라고 반문했지요. 그러자 그는 '전엔 계속 더듬었는데.' 라고 말끝을 흐렸습니다. 그래서 '아, 알겠네! 그래 오늘은 더듬지 않았으니 이제 더 이상 더듬지 않을 거야.' 라고 했지요. 당신도 이와 같습니다. 말 더듬는 것을 두려워하지 않는다면 괜찮아질 겁니다."

쿠에 씨는 류머티즘 환자에게 말을 건다.

"선생은 류머티즘이지요?"
"종아리부터 무릎까지 통증이 올라옵니다. 침대에 누워 있으면 별로 아프지 않아요. 그런데 걷기가 힘듭니다."
"제가 말하는 대로 상상해 보세요. '나는 잘 걸을 수 있다.' 라고 해보세요."
"강아지를 데리고 산책을 했으면 좋겠습니다."

"부인은 무대 공포증이 있다고요?"

"파리에서 음악을 가르치는 젊은 여선생이 있었어요. 그 여선생도 부인과 마찬가지로 무대 공포증이 있었지요. 그 여선생도 제게 시술을 받고 한 번에 나았어요. 전에는 두려움 때문에 머리카락이 다 빠지는 것 같았대요.
학생들도 시험 때가 되면 가끔 저를 찾아옵니다. 그런 경우 실패하는 경우는 드뭅니다. 먼저 두렵다는 생각이 머릿속에 있다는 걸 알아야 합니다. 그래서 두려워하는 겁니다. 여러 사람들 앞에 나서기 전에 이렇게 말하세요.

'그래, 나는 앞에 있는 사람들보다 훨씬 낫다. 이들에게 뭔가 가르쳐 줄 거야. 난 선생님이고 이 사람들은 배우는 학생이야!' 이런 상황을 떠올리면 무대 공포증은 사라집니다."

"선생은 종아리에 총알 파편이 박혀 있었지요? 평상시에 걱정이 됩니까? 제거했나요? 그 후유증으로 경련이 일어나는 겁니다. 쉽게 치유할 수 있습니다."

"아가씨는 매우 소심하네요. 그러니 불안한 거구요. 자신감을 가져야죠. 나이가 열일곱 살이라고 했죠? 어머니가 딸에게 암시를 걸어야 합니다. 잠들 무렵 조용히 침실 옆으로 다가갑니다. 그리고 깨지 않을 정도의 나직한 목소리로 말합니다. 딸이 소망하는 것을 스무 번에서 스물다섯 번 반복합니다. 그렇게 하면 암시가 딸의 무의식적 자아로 전해집니다. 우리에게는 두 개의 자아가 있는데 하나는 의식(의지)적 자아이고 다른 하나는 무의식(상상)적 자아입니다. 의식적 자아는 잠들지만 무의식적 자아는 깨어 있기 때문에 암시가 가능합니다."

이번에는 가슴 통증을 호소했던 남자에게 말한다.
“당신은 제가 보기에도 많이 좋아졌습니다!”
“네, 밥도 잘 먹습니다.”
“말에도 기운이 느껴집니다. 마치 새 삶을 얻은 사람처럼 보입니다.”

한 여성이 말했다.

“저는 항상 빙그르르 도는 것처럼 어지러워요. 자동차를 보면 피하려고 해도 피할 수가 없어요. 예전에 달려오는 버스를 피하지 못해 치일 뻔한 적이 있어요. 그 뒤부터 계속 그래요.”
“부인! 저라도 다리가 움직이지 않을 것 같습니다. 차가 달려오는 걸 보면 ‘다리가 꼭 붙었어. 움직일 수 없어!’ 라고 미리 생각하겠지요. 그때 갑자기 ‘빵빵’ 하는 소리를 듣습니다. 시속 100km로 달려오고 있습니다. 불행하게도 자신에게 ‘살고 싶어. 그런데 할 수 없어!’ 라고 말합니다. 운전사는 ‘이런! 저 여자를 치겠어!’ 라고 생각합니다. 그러면 그대로 됩니다. 그와 반대로 운전사는 똑바로 정신을 차린 상태에서 핸들을 돌려야 합니다. 부인도 순간 ‘살고 싶어!’ 라고 생각해서는 안 됩니다. ‘살 수 있어!’ 라고 생각해야 합니다.”

이때 다른 여성이 말한다.

“뇌염에 걸렸는데 낫지 않아요.”

“아, 그런 식으로 말하는 것은 좋지 않아요. 낫는 것은 사실이고 빨리 그렇게 될 것입니다. ‘낫는 중이다.’ 라고 여러 번 생각하면 곧 낫게 됩니다.”

“부인은 어떠십니까?”

“선생님을 찾아온 시기가 좀 늦은 듯합니다. 거리로 나가면 눈에 눈물이 가득 담겨요. 안약을 넣어도 소용없어요.”

“그럼 암시라는 안약을 넣으면 될 겁니다. 마음속으로 눈에 눈물이 고이지 않을 거라고 말하세요. 밖에 나가도 눈에 눈물이 고이지 않을 거라고요. 그리고 당신은 좌골 신경통(허리에서 허벅다리 뒤쪽으로 나타나는 통증)으로 고생하지요? 병을 이곳에서 훌훌 털어내야 합니다. 그렇게 되면 저는 정말 기쁠 겁니다. 병을 쓰레기통에 던지세요.”

“그렇게 되면 정말 좋겠어요!”

“당신은 목이 아픕니까? 암시를 규칙적으로 차분하게 하셔야 합니다. 암시를 잘되게 하려면 두 가지 조건이 필수입니다. 하나는 고통이 사라질 거라는 확신이 있어야 합니다. 다른 하나는 의도적인 노력을 피해야 합니다. 암시가 잘 안 되는 것은 노력하기 때문입니다. 그렇게 되면 원했던 것의 반대 결과를 얻게 됩니다."
"당신은 '블루스 씨' 로 군요."
"제 우울증은 나을 거라고 합니다."
"물론이지요! 우울증도 나를 즐겁게 하는 하나의 여행쯤으로 생각하면 됩니다."

한 남성이 말한다.

"선생님! 저는 온몸이 쑤시고 아픕니다. 너무 아프다는 생각뿐이에요."
"그렇다면 큰일이네요. 그렇게 생각하면 안 됩니다. 통증을 느끼면 당장 밖으로 던져 버리세요. 통증과 싸우려면 통증을 떠올리세요. 그리고 통증에게 말을 붙이세요.
'오, 내 친구여, 그대가 나를 지배했지만 지금부터는 내가 그대를 지배할 것이다.' 라고."

9부

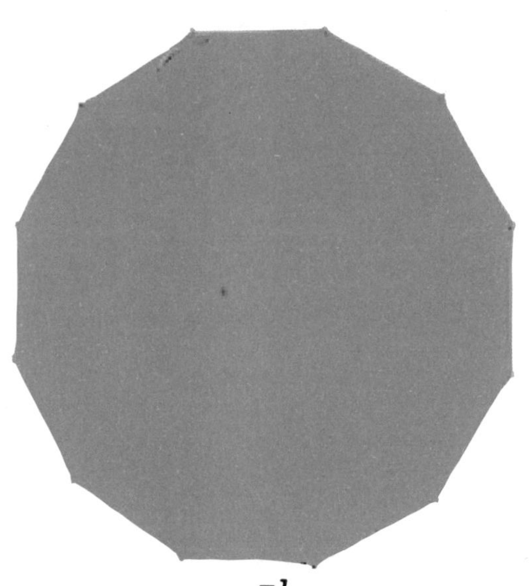

자기암시의 기적이 보여 주는 성공적인 시술 사례

자기암시의 기적이 보여 주는 성공적인 시술 사례

자기암시로 시술된 사례를 보면 그 효과가 확실해진다. 지금까지 시술한 환자의 숫자를 보면 실로 엄청난 것이다. 여기서 열거한 사례는 대표적인 사례로 그 일부에 불과하다.

Miss D는 8년 동안 천식을 앓고 있었다. 그녀는 기침이 너무나 심해 잠자리에 들지도 못한 채 긴 밤을 지새웠다. 나는 예비 실험을 통해 그녀가 얼마나 예민한지 알 수 있었다. 내가 암시를 걸자 그녀는 바로 잠들었다. 첫 시술로 진전을 보았다. 약 15분 정도 경련과 같은 발작이 있었을 뿐이다. 단기간의 시술을 했을 뿐인데 그녀의 증상은 사라지고 재발도 되지 않았다.

Miss X는 열세 살이다. X 양은 결핵으로 관자놀이 부위에 염증이 생겼다. 1년 반 동안 치료를 받았지만 소용이 없었다고 소녀가 나에게 말했다. 나는 시술소를 찾아온 소녀에게 암시법으로 시술을 했다. 시술을 끝낸 후 나는 일주일 안으로 다시 방문하라고 했다. 그 소녀가 다시 시술소를 찾았을 때에는 이미 염증이 사라진 뒤였다.

Miss G는 열다섯 살이다. G 양은 어려서부터 말을 더듬었다. 당시 G 양에게 첫 시술을 했는데 성공적이었다. 한 달 후에 다시 만난 G 양은 정상인처럼 말을 하고 있었다.

Miss J는 열여섯 살이다. J 양은 몇 년간 신경 발작 증세를 보였다. 처음에는 가끔씩 발작했지만 점차 그 횟수가 늘었다. 4월에 나를 찾아온 후로 2주 동안 세 번밖에 발작을 하지 않았다. 3주째가 되는 날에는 발작 증세가 사라졌다. 이 소녀는 시술을 시작한 이후로 심한 두통까지 치유할 수 있었다.

Miss 나겐가스트는 열여덟 살이다. 나겐가스트 양은 척추 결핵(포트병)을 앓고 있는 환자였다. 연초, 시술을 받기 위해 방문한 그는 갑옷처럼 생긴 깁스코르셋을 6개월째 착용하고 있었다. 내가 시키는 대로 일주일에 두 번 아침저녁으로 자기암시를 했다. 곧 효과를 보자, 깁스코르셋 없이도 지낼 수 있게 되었다. 2년 4개월이 지나서 그를 다시 만났을 때는 건강한 상태에서 우체부 업무를 성실히 수행하고 있었다.

Miss M은 사고를 당한 이후로 왼발에 염증이 생겼다. 발을 접질린 부위가 부어오르면서 통증까지 따랐다. 여러 곳을 다니면서 치료를 받았지만 만족할 만한 효과를 보지 못했다. 접질린 부위가 곪고 시리는 증세가 반복되었다. 치료를 받았지만 통증이 심해 걷기가 힘들었다. 그녀는 암시법으로 치유된 어느 환자의 권유를 받고 나를 찾아왔다. 암시법으로 시술을 받자 증세가 호전되었다.

조금씩 부기가 가라앉고 통증이 점점 완화되었다. 고름이 잦아들더니 마침내 통증이 사라졌다. 몇 개월간 시술을 한 결과 발은 거의 나았다. 좀 아쉽다면 발뒤꿈치 관절이 조금 어긋나 있어 약간 절룩거린다는 점이다.

Mr. B는 열세 살이다. 호흡 이상 증세와 심장병을 앓고 있는 소년은 숨쉬는 것조차 곤란해 빨리 걸을 수도 없고 오래 걷지도 못했다. 담당 의사도 가망이 없다고 진단했다. 2개월이 지나도 병세는 호전되지 않았다.

가족 친지의 소개로 부모와 함께 나를 찾아온 소년은 보기에도 거의 가망이 없었다. 그 소년에게 예비 실험을 했다. 그 실험은 예상 밖으로 성공적이었다. 나는 소년에게 암시를 건 후, 스스로 암시를 하라고 했다. 그리고 그 다음날 다시 오라고 했다.

그 다음날에 나타난 소년은 놀랍게도 달라져 있었다. 호흡과 걸음걸이가 눈에 띄게 좋아졌다. 나는 다시 시술을 시작했다. 그리고 그 다음날 다시 찾아왔을 때 소년의 상태는 더욱 좋아졌다. 매회 찾아올 때마다 회복 속도가 빠른 편이었다. 첫 시술 후 3주가 지나자 소년은 엄마와 함께 마을 언덕도 오를 수 있었다. 호흡도 정상으로 돌아왔다. 걷거나 계단을 오를 때에도 숨이 차지 않았다. 전에는 불가능한 일이었지만 지금은 가능해졌다.

어느 날 소년은 건강이 좋아지자 할머니 댁으로 놀러 갔다. 그곳에서 소년은 종종 소식을 전해 왔다. 몸이 더 건강해져 밥도 잘 먹는다고 했다. 가슴의 통증이 사라지자 다른 친구들과 같이 나비를 쫓아 동네를 뛰어다닌다고 했다.

10월이 되자, 소년이 나를 찾아왔다. 소년은 알아보지 못할 정도로 많이 변해 있었다. 지난 3월 시술소를 떠날 때에는 몸도 구부정하고 발육도 부진했었다. 이제는 허리도 곧고 키도 큰, 생기발랄한 소년이 되었다. 그 후 소년은 건강한 몸으로 자전거도 타고 친구들과 축구도 한다.

Mr. 모리스는 여덟 살이다. 이 소년은 발에 보조 기구를 착용했다. 수술로 왼발은 완치되었으나 오른발은 계속해서 절었다. 재수술을 받았지만 효과가 없었다. 이 소년이 처음 찾아온 것은 2월이었다. 보조 기구에 의지한 소년은 그런대로 잘 걸었다. 시술을 하자 빠른 진전을 보였다. 2차 시술 후, 신발을 신고도 걸을 수 있었다. 몸의 상태는 거의 정상적으로 회복된 상태였으나 1년이 지난 어느 날 오른발을 접질려 회복이 전보다 더디다.

Mrs. T는 신경 쇠약, 소화 불량, 위경련, 장염으로 인해 온몸이 아프다고 호소했다. 몇 년 동안 치료를 받았지만 효과를 볼 수 없었다. 나는 그녀를 암시법으로 시술하기 시작했다. 시술을 받고 있는 그녀도 매일 아침저녁으로 자기암시를 했다.

그녀는 첫날부터 눈에 띄는 진전을 보이면서 병세가 지속적으로 호전되었다. 현재 T 부인은 정신적 · 육체적으로 건강한 상태라 특별한 약물 치료는 하지 않는다. 경미하게 느껴지는 장염 증세를 제외하고 병세는 대부분 사라졌다.

Mrs. D는 서른 살의 폐결핵 말기 환자였다. 매일 특별한 영양식을 먹어도 점점 더 여위어갔다. 계속되는 기침과 가래로 자주 호흡 곤란 증세를 보였다. 겉으로 봐도 살날이 얼마 안 남은 것 같았다. 예비 실험을 해보니 그녀는 너무 예민한 체질로 드러났다.

암시를 걸자 곧바로 효과가 나타났다. 이튿날 병의 증세가 호전되기 시작했다. 회복이 빨라 보양식이 없어도 살이 붙었고 몇 달 후 그녀는 거의 완치되었다. 치료가 끝난 후 8개월이 지난, 어느 날 그녀의 편지를 받았다. 임신을 했고 건강하게 잘 지낸다는 내용이었다.

Mrs. H는 습진이 온몸으로 번졌다. 특히 왼발에 증세가 심했다. 두 다리의 발목 부위는 염증과 통증이 심해 걷는 것조차 힘들었다. 나는 그녀에게 암시법을 썼다. 그날 저녁 H 부인은 수백 미터를 지치지 않고 걸을 수 있었다. 다음날, 부었던 다리와 발목이 점점 가라앉기 시작했다. 그 후로 재발되지 않았다. 습진도 빠르게 없어졌다.

Mrs. P는 신장과 무릎에 통증을 느꼈다. 10년이 지난 지금까지도 통증이 멈추질 않았다. 시술과 자기암시를 병행하자 그녀는 곧 증상이 호전되면서 건강한 상태를 유지하고 있다.

Mrs. 메데는 6개월 동안 오른쪽 무릎에 통증을 느꼈다. 통증 때문에 다리를 구부릴 수 없었다. 그 당시 12월에 처음 시술을 받고 한 달 뒤 다시 방문을 했다. 부인은 더 이상 통증을 느끼지 않았다. 다른 사람들처럼 걸을 수 있게 되었다.

Mrs. 가스텔리는 마흔한 살이다. 13년 동안 그녀는 오른쪽 무릎의 통증을 참고 살았다. 최근 들어 증상이 더욱 악화되었다. 다리

전체가 심하게 붓더니 하반신 위축 증세까지 나타났다. 걸을 때 목발에 의지하지만 너무 고통이 심해 발걸음을 뗄 수 없다. 그 당시 11월에 처음 시술을 받았다. 시술을 받은 뒤 목발에 의지하지 않고도 곧바로 걸을 수 있었다. 간혹 무릎에 통증을 느낄 때만 지팡이를 잡는다.

Mrs. 페리는 예순 살이다. 부인은 5년 동안 어깨와 왼발에 류머티즘성 통증이 있었다. 지팡이를 의지해서 걷기는 하지만 몹시 힘에 부쳤다. 팔 또한 어깨 위로 올릴 수 없었다. 나를 찾아와 암시 시술을 받은 후 통증이 완전히 사라졌다. 이제는 보폭을 늘려 뛰기까지 한다. 게다가 풍차 돌 듯 두 팔을 힘차게 돌린다. 현재 건강 상태는 양호하다.

Mrs. Z는 지난해 1월, 폐울혈(폐순환 계통의 협착이 원인 되어 혈액이 증가하는 현상. 숨이 차고 기침이 심해짐.)이 생긴 뒤 2개월째 증상이 악화되었다. 몸이 점점 약해지고 식욕도 없고 소화도 잘 안 된다. 장 기능이 약해지고 밤에는 불면증과 함께 식은땀을 흘린다. 첫 암시법으로 시술한 뒤 기분이 좋아졌다고 했다. 이틀이 지나 다시 찾아온 부인은 증세가 호전되었다고 했다.

그 후 병세는 호전되고 신체 장기는 전반적으로 기능을 회복했다. 부인은 식은땀이 흐를 적마다 자기암시를 했다. 현재 Z 부인은 건강한 상태로 삶의 즐거움을 누리고 있다.

Mrs. H는 마흔아홉 살이다. 2년 전부터 정맥류 궤양(정맥이 뭉친 부위에 헐거나 짓물러 생긴 상처)으로 고통스러워했다. 의사의 진료도 효과가 없었다. 특히 하지 정맥류의 증세는 심각했다. 궤양도 뼈에 근접한 상태로 염증이 심해지면서 환부에 고름이 생겼다. 암시법으로 시술을 받자 증세가 호전되었다. 고름이 잦아들더니 마침내 통증이 사라졌다.

Mrs. J는 병을 앓은 지 2년이 지난 어느 날 나를 찾아왔다. 첫 시술 후 확연하게 증세가 호전되었다. 그로부터 1년 후 부기는 완전히 빠졌고 끊임없이 괴롭히던 통증도 사라졌다. 3년이 지난 지금은 상처의 흔적만 흐릿하게 남아 있을 뿐 병은 완치되었다.

Mrs. L은 예순세 살이다. 부인은 20년 전부터 안면에 심한 통증을 느꼈다. 좋다는 치료는 거의 다 받아 보았지만 그 결과는 좋지 않았다. 결국 수술을 해야 한다는 의사의 진단이 있었는데 부인은 한사코 거절했다. 그 당시 부인은 나를 처음 방문했다. 방문 후 시술을 하자, 정확히 4일째 되는 날 통증이 완화되었다. 지금까지 시술은 순조롭게 진행되고 있다.

Mrs. M이 연말에 찾아왔다. 부인은 머리가 깨지는 듯한 두통에 시달렸다고 했다. 몇 번 암시법으로 시술을 받자 두통은 사라졌다. 시술한 지 2개월이 지나자 자궁 탈수증도 나았다는 사실을 알게 되었다. 나는 부인이 그런 병이 있었다는 사실조차도 몰랐다. 그것은 부인이 그 사실을 말하지 않았기 때문이다. 그렇다 해도 그 병이 나을 수 있었던 것은, 아침 기상과 저녁 취침 때 반복해서 암송하는 글귀 '모든 면에서' 라는 말이 영향을 끼친 것이다.

Mrs. R은 10년 전부터 자궁염에 시달렸다. 올 중순경에 처음으로 나를 찾아와서 시술을 받았다. 바로 증세가 호전되었다. 통증과 출혈은 빠르게 줄어들었다. 시술 후 2개월이 지난 지금 검사를 해보니 병이 거의 난 상태였다. 길게 하던 생리도 정상으로 돌아왔다.

Mrs. 마틴은 13년 동안 자궁염에 시달렸다. 통증과 냉증이 심했다. 생리는 22~23일 주기로 10~12일 동안 계속되었다. 생리 기간 동안 생리통이 매우 심했다. 당시 일주일에 한 번씩 정기적인 시술을 받았다. 첫 시술 후 상태는 눈에 띌 정도로 좋아졌다. 한 달 보름이 지났다. 병세는 계속해서 호전되고 있다. 염증은 완전히 치유되었다. 생리는 규칙적이며 생리통도 사라졌다. 13년 동안 시달렸던 무릎 통증도 함께 사라졌다.

Mr. M은 섬유 공장에서 일을 했다. 그는 2년 전 일을 하다가 척추와 고관절을 다쳐 하반신이 마비되었다. 거의 혈액 순환이 이루어지지 않아 몸이 붓고 피부가 부풀어오르면서 피부색이 변했다. 진료소에서 치료를 받았지만 별반 나아지는 것이 없었다.

8일 동안 계속해서 암시법으로 시술을 하자 만족할 정도는 아니지만 아쉬운 대로 왼발이 조금씩 움직이기 시작했다. 이어서 8일 동안 암시를 계속하자 눈에 띄게 좋아졌다.

그 후 1주 혹은 2주 간격으로 한 번씩 암시법을 시행했다. 점점 몸에서 부기가 빠졌다. 11개월 후, 환자는 침대에서 혼자 내려와 800m를 걸었다. 8개월이 지난 지금 건강이 회복되자 예전에 근무했던 섬유 공장으로 복귀했다.

Mr. C의 시술 시도는 쉽게 이루어졌다. 이날 많은 변화가 있었다. 그 후 3개월간 매일 아침에 일어나서 자기암시를 시작했고, 점점 회복 기미를 보이자 시술 범위를 넓혔다. 결국 그는 완치되었다. 장염도 깨끗이 사라졌고 정신 상태도 회복되었다. 이후로 12년 동안 재발되지 않은 것으로 보아 시술은 성공했고 영구적이다.

Mr. E는 관절염을 앓았다. 그는 오른쪽 발목에 염증이 생겨서 제대로 걸을 수가 없었다. 그는 예비 실험에서 매우 예민한 체질로 판명되었다. 첫 시술을 받은 후에는 지팡이에 의지하지 않고 마차까지 걸었다. 통증이 사라진 것이다. 다음날 방문하라고 했지만 나타나지 않았다.

그러던 어느 날 그의 아내가 방문했다. 남편이 시술을 받고 온 다음날 아침, 잠자리에서 일어나더니 자전거를 타고 정원으로 갔다고 했다. 그 말을 듣고 내가 얼마나 놀랐는지 말하지 않아도 알 것이다. 나중에 들은 이야기지만 재발은 없었다고 한다.

Mr. G는 평범하게 직장을 다닌다. 그는 자기암시의 효과를 입증할 만한 사례의 인물이다.

나는 신체적인 면과 정신적인 면을 동시에 연결하는 암시법을 시행했다. 암시법으로 자신감을 얻은 그가, 어느 날 사장을 찾아가 자기 집에 기계를 설치해 달라고 설득했다. 사장이 그의 말을 들어주었다. 그러자 그는 기계로 상품을 만들어 돈을 벌었다.

그의 능력을 인정한 사장은 그가 원하는 만큼 기계를 더 설치해주었다. 그는 일반 사원보다 높은 업무 성과를 냈다. 그저 평범한 사원에 불과했던 그가 자기암시의 효과로 관리자가 되었다.

Postman X는 지난날 사고로 아이를 잃었다. 그 후 그는 대뇌 장애로 인한 신경성 경련 증세를 호소했다. 당년 6월에 그의 삼촌이 X 씨를 데리고 시술을 받으러 왔다. 그에게 예비 실험을 위한 암시를 걸었다. 4일 후 다시 방문한 그는 경련과 같은 발작 증세가 사라졌다고 말했다. 나는 암시를 걸고 나서 8일 후 다시 방문하라고 했다. 방문하라는 날짜가 지나고 한 달이 지나도 나타나지 않았다.

그 후 삼촌이 방문했는데, 조카로부터 편지를 받았다고 했다. 그는 조카가 건강하게 잘 지내고 있다는 소식을 내게 전해 주었다. 예전에는 경련과 발작 증세 때문에 전보를 전송할 수 없었지만, 이제는 전보를 쉽게 쳐서 전송한다고 했다. 전보가 더 길어도 아무 문제없이 전송할 수 있다는 말과 함께 재발도 없다고 했다.

Mr. Y는 7년 전부터 신경 쇠약과 혐오증, 신경성 불안증, 위장 장애 등으로 고생했다. 그는 숙면을 취하지 못하고 우울증과 자살 충동에 시달렸다. 걸음걸이는 술에 취한 듯 비틀거렸으며, 머릿속은 항상 문젯거리로 가득했다. 지금까지 시도한 모든 치료는 효과도 없이 증세만 더 악화시켰다. 특별한 요양 센터에도 가봤지만 낫지 않았다.

지난 10월 초, Y 씨가 나를 방문했다. 예비 실험은 비교적 쉽게 이루어졌다. 나는 그에게 자기암시의 원리와 의식(의지)적 · 무의식(상상)적 자아에 대해 기본적인 설명을 해주고 암시법을 시행했다. 처음 2~3일간은 암시법을 이해하는 게 다소 힘들어 보였다. 그러나 어느 순간 전체적인 개념을 잡기 시작했다.

나는 암시를 걸었고, 그도 날마다 자기 스스로 암시를 걸었다. 그 후 병이 나아지는 속도가 점점 빨라지더니 한 달 후 완치되었다. 자신이 세상에서 가장 불행하다고 여겼던 그는, 이제 가장 행복한 사람이라고 생각할 정도로 완전히 바뀌었다.

Mr. X는 10~15분 정도의 대화를 하면 실어증에 시달린다. 여러 진료소를 전전하며 진료를 받아 보았지만 목에는 이상이 없다고 했다. 그 중 한 의사가 후두에 노화 현상이 있는 것 같다고 소견을 냈다. 그러자 X 씨는 치료를 포기했다. 그는 휴가 동안에 낭시를 방문했다. 그 당시 어떤 부인으로부터 암시법을 소개받았다.

처음에는 믿기지 않아 거절했지만 그래도 한번 해보자는 생각에 나를 찾아왔다 한다. 나는 X 씨에게 첫 시술을 끝내고 그 다음날 다시 오라고 했다. 그는 예약한 날에 맞춰 찾아왔으며 전날에 있었던 일을 내게 들려주었다. 집으로 돌아간 뒤 오랜 시간 자연스럽게 말을 할 수 있었다는 것이다. 다시 시술을 끝내고 그 다음날 찾아온 X 씨는 오랫동안 말을 하고 노래까지 불렀다. 아무 이상이 없었다. 시술은 계속 진행 중이며, 앞으로 더 좋아질 것이다.

Mr. B는 24년 동안 전두동(이마뼈 안에 있는 굴)에 생긴 질병으로 고통을 받고 살았다. 그는 이 질병을 고치기 위해 열한 차례나 수술을 받았다. 수술을 거듭해도 낫기는커녕 극한 절망과 통증에 시달렸다. 시술소를 찾아온 그는 차마 눈뜨고 볼 수 없는 상태로 식욕마저 부진했다. 걷거나 책을 보거나 잠을 잘 수도 없었다. 정신 상태 또한 최악이다.

용하다는 병원은 다 찾아갔지만 증상이 호전되는 것이 아니라 점점 악화될 뿐이었다.

그렇게 고통을 받던 B 씨는 암시법 시술로 건강을 되찾게 된 어느 지인의 건유를 받았다. 그런 그가 지난 9월 나를 찾아왔다.

암시법으로 시술한 뒤 빠른 호전을 보였다. 질병이 빠르게 호전이 되자, 삶에 대한 자신감도 되찾게 되었다.

Mr. D는 왼쪽 눈꺼풀에 마비 증상이 있자 병원에 가서 주사를 맞았다. 그 부작용으로 눈꺼풀이 올라가고 왼쪽 눈동자가 바깥쪽으로 돌아갔다. 수술을 할 상황이었다. 그런 상황에서 나를 찾아온 그가 자기암시를 한 후 눈은 조금씩 정상으로 돌아왔다.

10부

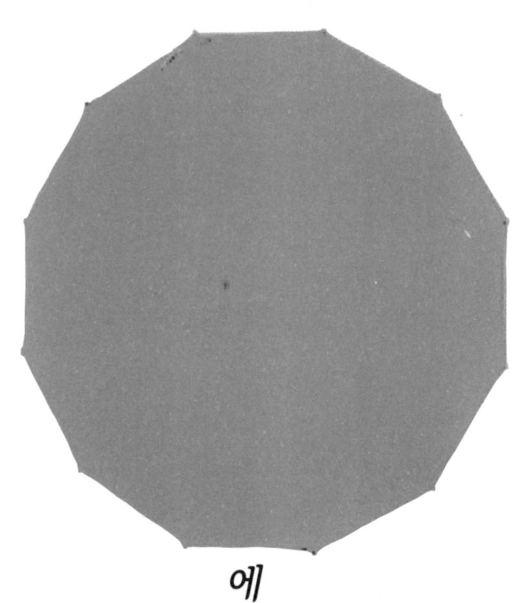

에밀 쿠에가 던지는 상상의 기적

에밀 쿠에의 자기암시

에밀 쿠에가 던지는 상상의 기적

강연 사례 1

쿠에 씨의 명망은 도시에 활력을 불어넣었다. 사회 각계각층에 있는 사람 누구든 고르게 혜택을 받는다.

쿠에 씨의 강연에 가면, 강연 말미에 그의 암시법 시술이 참가자의 가슴을 후련하게 한다. 그것은 질병으로 고통을 받거나 정신적으로 우울한 사람들에게 치유의 기쁨을 주었기 때문이다.

그들을 억누르고 있던 문제들이 풀리는 순간, 그들의 얼굴에는 의욕과 희망이 샘솟는다. 그들은 더 이상 고통을 느끼지 않는다.

쿠에 씨의 굳은 신념과 선량한 미소 속에 그의 비밀이 숨겨져 있다. 참가자의 마음을 헤아리는 쿠에 씨는 그들의 마음을 움직인다.

쿠에 씨는 많은 참가자들과 눈을 마주치며 소통을 시작한다.

"부인은, '왜, 그런 거죠? 무엇 때문에 그런 거죠?' 라는 말을 너무 많이 합니다. 이제 통증에서 벗어날 암시법을 가르쳐 드리지요."

"당신은 벌써 정맥류 궤양 증세가 많이 호전되었습니다. 두 번 온 것 치고는 정말 많이 좋아졌습니다. 축하합니다. 자기암시를 계속하면 머지않아 완치될 겁니다. 10년을 고생했다고 했지요? 그게 무슨 문제가 됩니까? 20년, 아니 그 이상이면 어떻습니까? 곧 나을 겁니다."

"당신은 아무것도 나아지지 않았다고 했지요? 왜 그런 줄 아세요? 그것은 확실하게 낫을 거라는 믿음이 없기 때문입니다. 내가 좋아졌다고 말하면 당신은 바로 좋아졌다고 느낍니다. 왜 그럴까요? 바로 저를 믿기 때문입니다. 마찬가지로 자신을 믿으면 같은 결과를 얻게 될 겁니다."

"부인, 그렇게 세세하게 토를 달지 마세요. 여러 증상들을 끄집어내어 그것을 일일이 늘어놓네요? 문제는 부정적인 관점입니다. 좋아진다고, 그렇게 된다고 믿으세요. 복음을 믿는 것처럼 그렇게 하세요. 그러면 간단합니다."

"당신은 매주 신경 발작이 있다고 했지요? 오늘부터 내가 말한 대로 하면 증상이 없어집니다."

"오랫동안 변비로 고생했다고요? 증상이 얼마나 오래됐는지는 문제가 안 됩니다. 내일이라도 당장 나을 수 있습니다. 제가 말한 대로 따라하면 자연스레 좋아집니다."

"부인은 녹내장에 걸렸다고 했지요? 제가 녹내장을 낫게 할 수는 없습니다. 제가 할 수 있는 일이 아니기 때문입니다. 당신의 암시가 불가능을 가능으로 만들 수 있습니다. 당신의 마음가짐이 중요합니다. 녹내장을 치유한 사례도 있으니까요."

"당신은 하루에 한 번 신경 발작 증세가 있었다고 했지요? 이곳에 와서 시술을 받은 후, 단 한 번도 발작이 없네요. 치유가 된 것 같습니다. 그렇다고 해도 가끔은 찾아와 주세요."

"외상이 나았듯 압박감도 사라집니다. 물론 당신이 암시를 잘 받아들여야 합니다. 시간이 지나면 자연히 나을 겁니다. 조급한 마음은 금물입니다. 중압감이나 무기력도 심장병처럼 나을 겁니다. 중압감은 매우 빨리 사라집니다."

"암시법은 일반적인 치료에 지장을 주지 않습니다. 눈에 상처가 났을 때 상처 부위가 조금씩 아물어 가는 것처럼, 잘 보이지 않던 상처도 매일 줄어듭니다."

"아이에게 차분하면서도 단호하게 말하세요. 눈을 감아라. 나는 네가 잘 모르는 질병에 대해 말하지 않을 것이다. 네 가슴 속의 통증은 사라진다. 그리고 더 이상 기침도 하지 않는다."

만성 기관지염을 앓던 환자들이 증세가 완화되고 빠르게 회복되는 것을 보면 참으로 신기하다.

아이들은 어른들에 비해 순수하기 때문에 말을 잘 듣는다. 따라서 아이들의 정신과 신체 조직은 암시에 즉시 반응한다.

쿠에 씨는 항상 피곤하다. 그런 그에게 불만을 토로하면 그는 이렇게 말한다.

"저도 그렇습니다. 환자들을 시술하다 보면 피곤할 때가 있습니다. 그럴 때에도 저는 항상 똑같이 그들을 대합니다. '어쩔 수 없어서' 라는 말은 하지 마세요. 인간은 누구나 자신을 극복할 수 있습니다."

피곤하다고 생각을 하면 반드시 피곤해진다. 어떤 일을 하겠다고 마음먹으면 그만큼 필요한 힘이 생기는 법이다. 마음은 동물적인 육체를 다스릴 수 있다. 또 그렇게 하는 것이 당연하다.

"걸을 때 불편하게 했던 모든 것들이 매일 조금씩 사라질 것입니다. '하늘은 스스로 돕는 자를 돕는다.'는 격언도 있지 않습니까? 하루에 두세 번 몸을 쉬면서 자신에게 자신감을 주세요. '내 신장은 걷지 못할 만큼 약하지 않아. 나는 할 수 있어.', '나는 날마다 모든 면에서 점점 좋아지고 있다.'라고 말하세요."

"제 말이 맞지 않습니까? 통증이 사라졌으니 아프다는 생각을 버리세요. 다시 통증이 올지 모른다거나 올 거라고 생각하지 마세요."

"우리가 무엇을 상상하든 현실이 됩니다. 따라서 상상이 잘못된 방향으로 나가지 않게 해야 합니다."

"손을 펼 수 있다고 상상하면 손을 펼 수 있습니다. 이처럼 고통도 사라진다고 상상하면 고통이 사라집니다. 사라진다고 말하고 그렇게 의식해야 합니다. 두 손을 잡고 손을 뗄 수 없다고 상상해 보십시오. 실제로 해보세요. (그러자 피시술자는 정말로 손을 떼지 못했다.) 자, 의지는 그다지 도움이 되지 않는다는 것을 아시겠지요?

상상이 의지를 이깁니다."

자기암시를 위해서는 의지를 완전히 없애고 오직 상상에만 전념을 해야 한다. 의지와 상상 사이에서 갈등하지 않으려면 의지를 놓아야 한다.

"사람이 나이가 들수록 상상(무의식)보다 의지(의식)가 강해진다는 말은 사실입니다. 그만큼 현실에 강한 집착을 보인다는 거죠."

"당뇨병 환자들은 예전처럼 병원 치료법을 계속 병행하세요. 암시를 해도 병을 낫게 해준다는 약속은 할 수 없습니다."

당뇨병 환자들은 소변에서 알부민(단순 단백질의 한 가지)의 검출량이 점점 줄어든다. 일부 환자들은 거의 검출되지 않는다.

"아무리 떨쳐 버리려 해도 마음에 남아 있는 불쾌감·불안감 즉, 강박 관념은 일종의 악몽입니다. 그것을 극복하면 싫었던 친구라 해도 다시 친해지는 것과 같습니다. 당신이 그들을 좋아하고 그들도 당신을 좋아하게 됩니다."

쿠에 씨는 사람들에게 눈을 감으라고 했다. 이어서 암시가 담긴 말을 했다. 그는 어느 한 사람에게 말을 붙인다.

환자 1

"당신은 통증을 느낍니다. 관절염뿐만 아니라 그 원인이 무엇이든, 오늘부터 무의식(상상)의 도움으로 점차 통증이 사라지게 됩니다. 곧 통증은 완전히 사라집니다."

환자 2

"위장 기능이 많이 떨어졌습니다. 부기(浮氣)까지 있네요. 자, 당신의 소화 기능은 점점 좋아집니다. 부기(浮氣)도 조금씩 가라앉습니다. 위장은 잃었던 기능을 되찾게 됩니다. 증상이 호전되면서 위는 정상적인 운동을 하고, 위의 음식물을 소화시켜 활발하게 작은창자(소장)로 보냅니다. 동시에 이완된 위장은 크기가 점점 줄어들고 음식물이 남아 있지 않습니다. 위통은 완전히 사라집니다."

환자 3

"애야, 너도 내 말을 잘 들었지? 앞으로 일어날 수도 있는 발작의 낌새를 채면 그때마다 내가 한 말을 기억하고 그것을 빠르게 상상해라. '아니지, 발작은 일어나지 않아! 일어나기도 전에 사라질 거야."

모든 사람들이 눈을 감고 경청하고 있을 때, 쿠에 씨는 이제 눈을 뜨라고 하면서 말을 덧붙인다.

"조금 전에 암시가 담긴 말을 들으셨지요? 현실이 되게 하려면 다음의 조건을 지켜야 합니다.

죽는 그 순간까지, 생명이 붙어 있는 한, 하루도 거르지 않고 기상할 때나 취침할 때나 조용히 눈을 감고 정신 집중을 합니다.

그런 다음 글귀를 스무 번 반복해서 암송합니다. 끈에 20개의 매듭을 만들어서 그 매듭을 하나씩 넘길 적마다 글귀를 암송하면 좋습니다. (묵주를 넘기는 것처럼)

'나는 날마다 모든 면에서 점점 좋아지고 있다.' '모든 면에서'라는 말은 모든 것에 적용되기 때문에 특정한 어떤 것을 떠올릴 필요가 없습니다.

자기암시는 간절히 얻겠다는 자신감과 믿음, 확신이 기본입니다. 그리고 그것을 실행하는 것입니다. 확신과 믿음이 강하면 강할수록 더 빠르게 좋은 결과가 나타납니다.

낮이든 밤이든 육체적으로나 정신적으로 불편하다고 느낄 때, 가능하다면 조용한 곳으로 갑니다. 그리고 편안한 자세를 취한 뒤, '모든 고통은 사라진다.' 라고 되뇌면서 그 말을 굳게 믿으세요."

"정신적인 문제로 괴로우면 손으로 이마를 만지세요. 몸에 통증이 느껴지는 부위가 있으면 그곳에 손을 얹으세요. 그리고 '사라진다. 사라진다.' 라고 계속 반복합니다. 이렇게 잠깐 동안 암시를 하면 정신적·육체적인 고통은 20~25초 만에 사라집니다.

암시는 필요할 때마다 계속 반복합니다. 이때 자신감과 간절한 마음·확신이 선행되어야 합니다. 다른 암시를 할 때에도 마찬가지입니다. 의식(의지)보다는 무의식(상상) 상태가 중요합니다."

"예전에 자기암시가 이루어지지 않은 이유는 의식(낫겠지 하는 생각 즉, 의지)이 강했기 때문입니다.

상상(낫는다는 확신)이 강해야 암시가 이루어집니다. 이제 제가 알려 준 대로 하세요. 더 이상 그런 일이 없어야 합니다. 알려 준 대로 하지 않고 그릇된 자기암시를 한다면 그것은 오직 자신 탓입니다. '내 탓이다. 내 탓이다.' 이렇게 말입니다."

쿠에 씨는 건강과 행복을 이루는 힘이 우리 안에 있다는 사실을 누구보다 쉽게 깨우쳐 주었다.

우리 모두가 이런 재능을 타고난 것이다. 따라서 자학적 고통을 참는 것보다 내려놓는 것이 중요하다.

소크라테스의 '네 자신을 알라.' 포프의 '신이 내게 내리는 그 어떠한 은총도 거절하지 않기를…….' 이라는 격언을 실천해 옮겨야 한다. 자기암시가 주는 혜택을 완전히 받아들여 그것을 누려야 한다.

우리들은 쿠에 씨의 자기암시법 창시를 훌륭한 운동으로 확산시켜 후손에게 전해야 한다.

그는 낮이나 밤이나 쉬지 않고 열정적인 삶을 살았다. 그런데 정작 자신은 아무것도 한 것이 없다고 겸손해 한다. 아마 이 글을 책으로 출간한다고 말하면 거절할지도 모른다. 그렇다 해도 그런 일이 없었으면 한다.

쿠에 씨의 자기암시법 창시를 계기로 누구든 질병이 없는 건강하고 행복한 삶을 살아야 한다.

추신, 쿠에 씨의 강연료는 전쟁에서 부상당한 군인과 질병으로 고통받는 사람들을 위해 쓰이고 있다.

강연 사례 2

쿠에 씨의 파리 강연을 다른 많은 사람들이 놓치지 않고 참석하기를 바라는 마음에서 이 글을 남긴다.

이번에는 쿠에 씨의 은혜로운 시술을 받아 육체적·정신적인 고통에서 해방된 수많은 사람들의 사례가 아니다. 그의 가르침들을 모은 것이다.

질문자

저는 암시 요법을 실행했습니다. 누구보다 열심히 글귀를 반복해서 암송했는데 왜, 더 나은 결과를 얻지 못하는 거죠?

쿠에

당신은 무의식(상상)을 믿기 보다는 의지(의식)를 더 믿기 때문입니다. 노력은 의지와 관련이 있다는 사실을 기억해야 합니다. 의지(의식)를 따르면 무의식은 작동을 안 합니다. 그 무의식(상상)의 방향은 당신이 원하는 것(의지)과 정반대입니다. 그래서 원하는 것과 반대의 결과가 나타나는 겁니다.

예컨대 자전거를 처음 배울 때, 그때를 생각해 보세요. 가까이에 있는 장애물이나 작은 돌 등이 보이면 허둥지둥 '어! 피해야지.' 라고 생각합니다. 그 순간 충돌할까 봐 겁먹고는 급히 핸들을 돌립니다. 피하려고 하면 할수록 장애물로 더욱 돌진하고 맙니다. 마음속으로 '장애물을 피해야지! 그런데 할 수 없어!' 라고 생각했기 때문입니다.

질문자

힘들고 어려울 때에는 어떻게 해야 하나요?

쿠에

어떤 일이 당신을 힘들게 하면 즉시 "이건 전혀 문제가 되지 않아. 절대로! 사실 이 상황이 더 낫다. 더 마음에 들고 좋아!"라고 반복합니다. 다시 말해 '나쁘다'라는 생각 대신에 '좋다'라는 의식 상태를 만드는 겁니다.

질문자

예비 실험은 반드시 거쳐야 하나요? 피시술자의 자존심 문제라서 받아들이기 힘들다고 하던데요?

쿠에

반드시 거쳐야 하는 것은 아닙니다. 하는 게 좋다는 겁니다. 어떤 사람들에게는 다소 어른스럽지 못한 유치한 것쯤으로 보일지 모르겠습니다. 그렇다 해도 예비 실험은 진지한 자세가 요구됩니다.

예비 실험으로 증명할 수 있는 세 가지

첫째

우리의 의지(의식)는 현실적 상황에 있고 그것이 행동으로 나타나는 경향이 있습니다.

둘째

상상(무의식)과 의지(의식)가 서로 갈등을 하게 되면 언제나 상상이 이깁니다. 의지대로 움직이면 결국 바라는 것과 반대쪽으로 행동이 실행됩니다.

셋째

대부분 우리는 노력도 하지 않고 그냥 되겠지 하는 막연한 생각을 합니다. 우선 보이는 것에 대하여 '할 수 없어.' 라고 단정한 뒤 '할 수 있어.' 라고 생각합니다. 그러면 불가능해집니다.

집에서 혼자 있을 때 예비 실험을 하면 안 됩니다. 그것을 반복해서도 안 됩니다. 육체적·정신적 조건과 예비 실험을 위한 기본 준비가 미흡하면 실패할 위험도 있고 자신감을 잃을 수도 있습니다.

질문자

고통이 찾아오면 어떻게 고통을 사라지게 할 수 있을까요?

쿠에

고통스럽다는 생각을 떠올리면서 고통을 두려워하지 마세요. 고통을 무시하세요. "나는 고통이 두렵지 않다!" 라고 말하세요.

만약 지나가는 길에 왠 개가 달려들 듯이 으르렁거립니다. 그때 쏘아보듯이 강렬한 눈빛을 보내면 개(고통)는 당신에게 달려들지 못합니다. 그러나 깜짝 놀라면서 등을 돌리는 순간, 개(고통)는 당신의 다리를 물어뜯을 겁니다. 개한테 지는 거죠! 이와 마찬가지로 고통을 두려워하면 그 고통은 더 심한 고통이 됩니다. 강력하게 대응하세요. 그러면 고통이 사라집니다.

질문자

고통스러운 일이 있을 때 몇 날이고 마음속으로 기도를 하는 것은 어떻습니까?

쿠에

기도는 암시가 아니라 일상적인 생활입니다.

질문자

우리가 원하는 것을 어떻게 하면 얻을 수 있습니까?

쿠에

원하는 것을 자주 반복해서 하세요.

"나는 확신한다." 그러면 그렇게 됩니다.

"기억력이 좋아지고 있다." 그러면 정말 좋아집니다.

"나는 내 자신을 완전히 통제한다." 그러면 어느새 자신은 그렇게 됩니다. 만일 그와 반대로 말을 한다면 반대로 되겠지요. 원하는 것을 멈추지 않고 빨리 소리 내어 반복하면 그것이 현실이 됩니다. 물론 황당한 것이 아닌 실현 가능한 것이어야 합니다.

쿠에 씨의 강연을 들은 한 젊은 여성은 옆에 앉은 다른 여성에게 "정말 간결하네요. 더 이상 붙일 말이 없네요. 저 사람은 신통력이 있는 것 같습니다. 감화를 받은 사람들이 있을 거예요. 그렇죠?"라고 속삭였다.

훌륭한 의사는 주변의 수많은 의사들에게 "제 생각이 쿠에 선생님의 생각으로 바뀌게 되었습니다."라고 말했다.

어느 배우 겸 비평가는 쿠에를 불가사의한 '초자연적 힘'이라고 정의했다. 분명 그의 행동은 초자연적인 것이다.

그는 패배주의자들처럼 자기암시를 부정적으로 생각하는 사람들에게 일침을 가한다. 언제나 그렇듯이 어려운 상황에서도 미소를 잃지 않고, 인간성 회복을 위해 적극적으로 나선다.

모든 사람들에게 질병을 스스로 치유할 수 있도록 방법을 가르쳐 준다. 이것이 은혜를 베푸는 자기암시의 특징이다.

우리는 쿠에 씨가 전하는 절대적 진리의 '복음'을 이해하지 않을 수 없다.

자기암시를 하는 사람들에게 행복과 건강이 함께할 수 있도록 내 안의 상상을 일깨운다. 누구나 암시의 힘으로 인생을 바꿀 수 있다.

자기암시를 알고 그것을 실행한 사람들이 반드시 지켜야 할 의

무이자 책임은, 이 놀라운 암시법을 수많은 사람들에게 전파하는 일이다.

고통과 실망에서 헤어나지 못하는 사람들과 정신적으로 고통을 받는 많은 사람들에게 이 암시법을 알리고 실행에 옮길 수 있도록 도와야 한다.

소크라테스는 '인간의 가장 큰 힘은 선행이다.' 라고 했다. 이 암시법이 육체적·정신적 고통을 받는 전 세계의 인류에게 퍼져나가기를 희망한다.

에밀 레옹

11부

에밀 쿠에의 암시법 시술 강연

에밀 쿠에의 자기암시

에밀 쿠에의 암시법 시술 강연

발·다리·무릎·허리·옆구리 등 신체의 어느 부위에 통증이 느껴진다고 해도 그것은 상관이 없습니다. 지금 이 순간부터 관절염이든 다른 어떤 질병이든 그 원인이 되는 통증은 점차 사라질 것입니다.

원인이 사라지면 질병의 상태도 호전됩니다. 통증이 사라진다고 말하는 것은 대패로 나무판자를 얇게 깎아 내는 것과 마찬가지입니다. 통증이 재발될 것 같다는 생각이 들면 통증에 신경을 쓰거나 아프다는 생각을 떨쳐야 합니다. "이 정도 통증은 이겨낼 수 있어!"라고 자신 있게 주문하세요. 이때 안 될 거라는 의심이 머리를 스치면 성공하지 못합니다. "노력해서 이겨낼 거야!"라고 말하면 안 됩니다. 노력은 해보지만 안 될 수도 있다는 의심이 전제되기 때문입니다. '이겨낸다!' 라고 자신 있게 말하십시오.

따라서 확신을 가지고 통증을 이겨내야 합니다. 이것은 육체적인 질병뿐만 아니라 정신적인 질병에도 똑같이 적용됩니다. 의지(의식)보다는 상상(무의식)이 앞서야 통증이 사라집니다.

몸이 아프거나 불편함을 느낄 때에는 휴식 공간이 될 만한 조용한 방으로 갑니다. 상황에 따라서는 길거리에서도 가능합니다. 벤치에 앉아서 편안하게 눈을 감습니다. 정신적으로 괴로울 때에는 손을 이마에 댑니다. 몸이 아프면 그곳에 손을 얹고 "사라진다. 사라진다."라고 반복해서 말합니다.

매우 빠르게 말합니다. "사라진다. 사라진다." 아프다는 생각이 끼어들지 못하도록 하는 것이 매우 중요합니다. 실제로 암시에 걸리면 아픔이 사라집니다. 마음속에 새겨 넣은 생각이 현실이 됩니다.

통증이 다시 오면 열 번, 스무 번, 오십 번, 백 번, 이백 번이라도 사라질 때가지 계속해서 반복하는 겁니다. 통증에 시달리며 아파하는 것보다 '사라진다' 고 말하면서 하루를 보내는 것이 훨씬 낫습니다.

통증을 무의식 세계로 보내세요. 통증이 사라질 때까지. 이런 과정을 거치면 횟수는 점차 줄어들게 됩니다. 만약 오늘 오십 번을 했다면 내일은 반으로 줄이고 다음날은 더 줄이고……. 이렇게 줄이다 보면 얼마 후에는 하지 않아도 됩니다.

질병은 '바로 당신'이 극복하는 것

우울한 생각이 마음속에 있다면 이제부터 그런 생각들이 점점 사라집니다. 우울한 생각은 점점 약해집니다. 더 이상 당신의 머릿속에서 맴돌리지 않습니다. 우울한 생각이 들려고 할 때마다 이런 생각을 하세요. '사라진다. 사라진다!' 고요. 마음 밖으로 우울한 생각을 밀어버리는 겁니다. 우울한 생각을 무시하는 거죠!

당신을 질병으로부터 낫게 하는 것은 '바로 당신' 이라는 사실을 깨닫게 될 겁니다. 치료는 당신에게 달렸습니다. 이것은 매우 중요합니다. 저는 이미 치료사가 아니라는 사실을 알려 드렸습니다, 당신이 여기 없거나 제가 함께할 수 없다면 더 이상 도울 수 없습니다. 자신을 치유하는 힘이 당신 안에 있다는 사실을 깨달아야 합니다. 그래야 필요할 적마다 그 힘을 꺼내 쓸 수 있습니다. 우울한 경향이 있다면, 그런 경향들은 점차 줄어서 기쁨과 즐거움으로 바뀔 것입니다.

지금까지 당신의 육체와 정신을 해치는 나쁜 생각들이 자신을 괴롭혀 왔다면, 이제부터 그런 생각들은 당신의 마음에서 모두 빠져나갑니다.

저 멀리 떠나가는 구름처럼 사라질 것입니다. 그냥 정면으로 보면서 웃어넘기세요. 더 이상 떠올릴 필요가 없습니다.

항상 말하지만 "난 너무 쇠약해졌어!" "난 이겨내지 못할 거야!" "난 너무 오래되었어!" "난 고통 속에서 살겠지." 이런 식의 말은 삼가는 것이 좋습니다. 입버릇처럼 달고 살아서도 안 됩니다. 이런 말은 인생에 있어서 전혀 도움이 안 됩니다.

항상 희망에 찬 생각과 긍정적인 생각을 머릿속에 넣고 살아가야 합니다. 이런 긍정적인 자기암시('나는 좋아진다.')는 누구보다 빠르게 자신을 회복시킬 것입니다.

"난 낫고 있는 중이야. 난 점점 좋아지고 있어."

매일 건강이라는 새로운 벽돌을 하나씩 하나씩 쌓아 건강이라는 집을 완성하는 것처럼, 당신도 얼마 후 완전히 건강을 회복할 겁니다. 이런 마음 상태를 계속 유지하면 건강은 더 빠르게 회복됩니다.

이제 셋을 세겠습니다. 제가 마지막 "셋!"을 세는 순간 감았던 눈을 뜹니다. 완전히 깨어납니다. 전혀 졸리지도 피곤하지도 않습니다. 활기와 건강이 넘칩니다. 항상 이렇게 육체적·정신적으로 건강을 느낄 것입니다.

"하나, 둘, 셋!"

눈

눈이 아파 고생하시는 분이 있다면 눈에 생긴 어떤 상처라도 조금씩 나아서 결국은 사라질 겁니다. 사물이 점점 잘 보입니다. 저 멀리 있는 것도 똑바로 볼 수 있게 됩니다.

근시로 고생하는 사람들은 수정체에 문제가 생긴 겁니다. 수정체는 망막 앞에 상을 비추는 역할을 하는데, 이제부터는 수정체의 조절이 제 기능을 합니다. 멀리 놓인 상도 비추게 됩니다. 시간이 지나면서 수정체 조절이 정상으로 돌아오고 시력도 정상이 됩니다.

코

선생은 코 때문에 고통이 심한 것 같네요. 신체의 기능과 무의식(상상)이 코에 나타나는 상처나 염증의 치유를 돕습니다. 만성 기관지염도 점점 나아지고 있습니다. 천식도 마찬가지입니다. 다 나았습니다!

폐

폐에 이상 증상이 있는 사람들에게 말하겠습니다. 지금부터 여러분의 폐는 점점 활력을 되찾습니다. 소화 기능이 회복되면서 장기 기능은 물론 기관지나 가슴·등·폐의 상처 부위를 고치는 데 필요한 본질적인 것들을 스스로 찾아내게 됩니다.

통증도 사라져, 나중에는 완전히 치유될 것입니다. 만일 가래나 혈담이 나온다면 그 양이 점점 줄어들어 편안함을 느낄 겁니다. 폐 쪽의 압박감도 줄어듭니다. 천식으로 인한 기침과 경련은 잦아들고, 얼마가 지나면 완전히 치유됩니다.

다리의 통증

당신의 다리에서 통증이 사라지는 것을 느낍니다. 잠깐 동안 사라지는 것이 아닙니다. 완전하게 사라지는 겁니다. 다시 통증이 찾아온다고 해도 그것을 두려워하지 마세요. 두려워할 필요가 없습니다. 강하게 말하세요.

"통증은 다시 찾아오지 않는다!"

다리에 있던 뻣뻣한 느낌이 사라집니다. 속도 편안해집니다. 안으로 고통을 주는 것이 있으면 무의식(상상)이 그 고통을 사라지게 합니다.

간 질환

간에 질환이 있는 분들은 지금부터 장기와 무의식(상상)이 간의 상처를 회복시키기 위해 무슨 일이든 할 것입니다. 비정상적인 증상도 사라집니다. 모든 장기들은 정상적으로 돌아갑니다.

간은 정상적으로 담즙(쓸개즙)을 분비하며, 담즙은 장의 소화 흡수를 돕습니다. 간의 이상으로 복통이 생길 경우, 예전처럼 산성이 아닌 알칼리성 담즙이 분비될 것입니다. 전에 말한 것과 같이 이 산성 담즙은 담즙관에 침전물로 쌓여 담석이 됩니다. 지금 담석은 녹아 없어지지 않습니다. 통증을 느끼는 것은 담즙이 담즙관을 통과하는 동안 담석이 그 흐름을 방해했기 때문입니다. 곧 담석을 제거하고 나면 더 이상 담석은 만들어지지 않습니다.

심장 질환

심장 질환이 있는 사람들에게 말합니다. 이제부터 신체 장기와 무의식(상상)이 심장 질환을 없애는 데 필요한 역할을 합니다. 따라서 심장은 정상적인 기능을 회복합니다. 피의 순환이 호전됩니다. 답답하고 두근거리는 가슴의 통증도 점점 줄어듭니다. 결국은 사라집니다.

뇌 장애 • 마비

아가씨는 뇌염에 의한 대뇌 장애 증세가 보입니다. 장애는 점차 호전될 겁니다. 장애가 점점 사라지는 것처럼 병세도 호전되는 것을 느끼게 됩니다. 피로와 권태와 무기력도 사라집니다.

지금까지 마음에 가득 차있던 공허함은 활력으로 바뀝니다. 그런 당신은 일이 하고 싶어집니다. 일을 해야 합니다. 마당에 구덩

이를 파고 구덩이를 메우는 허드렛일이라 할지라도 사람은 일을 해야 합니다.

반드시 일을 하고 싶다는 의욕이 생겨야 합니다. 당신의 어머니는 일을 하라고 말합니다. 나는 어머니처럼 말하고 있지만, 그 사람이 바로 접니다. (강하게) 제 말을 듣고 있다면 당신은 반드시 일을 해야 합니다.

신장 • 방광

신장이나 방광이 불편한 사람들도 증세가 점점 호전됩니다. 시간이 흐를수록 병세가 호전되면서 아예 완치됩니다. 더 이상 어떤 통증도 느끼지 않습니다. 옛날에 있었던 신장과 방광의 통증도 사라졌습니다. 소변도 정상적이며 이제 잔여물도 남지 않습니다.

정맥류

정맥류(정맥 혈관의 벽 일부가 얇아져 혈관이 팽창하는 질환)가 있는 사람들의 신체 장기와 무의식(상상)은 상처 부위를 낫게 하려고 필요한 일을 해나갑니다. 정맥의 세포 조직이 정상적인 상태로 회복됩니다. 정맥은 충분히 낫습니다. 뿐만 아니라 정맥류 궤양도 낫습니다. 신체 장기는 상처 부위가 건강한 세포로 재생되는 데 필요한 일을 하게 됩니다. 그렇게 되면 상처는 곧 낫습니다. 점점 시간이 흘러 상처가 아물면 완전히 낫게 됩니다.

종기

몸에 종기가 난 사람들의 신체 장기는 종기를 낫게 하려고 치료에 필요한 일을 하게 됩니다. 염증은 점점 가라앉고 고름의 양도 점차 줄어듭니다. 상처는 잘 아물고 완전히 낫게 됩니다.

우울증

우울증으로 고생을 하는 사람들은 점점 더 나아집니다. 우울증이 사라집니다. 예상도 못했던 육체적·정신적 건강함을 느끼게 될 것입니다. 당신은 육체와 정신을 다루는 주인이 됩니다. 아침부터 저녁 무렵까지 일을 해도 끄떡없는 그날이 올 겁니다. 주의할 점은 너무 매달리지 않는 것입니다. 힘에 부치지 않을 정도로 일을 하는 것입니다.

떨림 증세

몸이 떨리는 사람들에게 말하겠습니다. 몸이 갑자기 뻣뻣해지거나 떨린다. 몸을 똑바로 세우지 못한다. 허리에 통증이 오거나 한쪽이 마비되는 증상이 온다. 이런 모든 증상들은 뇌나 신경계의 특정 장애로 발생합니다. 앞으로 이런 장애는 조금씩 개선됩니다. 계속 그렇게 됩니다.

몸의 떨림이 사라지고 그 원인으로 인하여 발생했던 모든 것들은 그 영향권에서 사라집니다. 뻣뻣하던 몸도 점차 풀립니다. 똑바로 세울 수 있게 됩니다. 손과 팔의 떨림 증세가 점점 줄어듭니다. 몸에 자신감이 생기자, 건강에 확신이 생깁니다.

걸을 때에는 발을 조심해서 뗍니다. 그리고 천천히 보폭을 늘려서 걷습니다. 이때 왼발을 내밀어 오른발 앞에 놓고 다시 오른발을 내밀어 외발 앞에 놓으세요. 이런 식으로 균형을 잡습니다. 반복하면 회복이 빨라집니다.

탈장

탈장(脫腸, hernia: 인체의 장기가 제 위치에 있지 않고 다른 곳으로 빠져나가는 것.) 증세가 있는 사람들에게 말하겠습니다. 이제부터 신체 장기와 무의식(상상)이 상처가 난 복막 세포 조직을 낫게 하려고 합니다. 상처가 난 복막 부위를 지나면서 탈장이 생겼던 것입니다. 이제부터 무의식(상상)이 상처 부위를 재생시킵니다. 상처 난 구멍은 점점 아물어 갑니다. 구멍은 아물고 탈장 증세는 완전히 사라집니다.

배우는 학생들에게

학생들에게 말합니다. 이제부터 학생들은 배움의 자세로 순순히 따릅니다. 부모님, 할아버지, 할머니, 삼촌, 선생님의 말씀을 잘 따릅니다. 존경하는 사람들의 충고를 잘 듣고 잘 따릅니다. 그들이 어떤 충고를 해도 그 말에 주목할 가치가 있다고 느낍니다.

대부분의 학생들은 충고를 귀찮다거나 지겹다고 생각합니다. 이제는 그 말이 가르침이 됩니다. 그 가르침을 깨닫게 될 것입니다. 앞으로 학생들은 충고의 말에 분노를 느끼지 않습니다. 충고에 고마움을 느낄 것입니다. 그 충고를 좋게 받아들일 겁니다.

학생들의 본분은 공부입니다. 따라서 학습에 관련된 공부를 좋아하게 될 겁니다. 관심이 없었던 과목도 흥미를 느끼게 됩니다. 학생들은 종종 어떤 과목을 싫다고 말합니다. 그렇게 믿고 상상합니다.

학생들은 말합니다. '아, 수학은 싫어! 역사도 재미없어!' 그 특정 과목이 싫어지는 이유는 단지 관행처럼 상상하기 때문입니다. 반대로 어떤 과목을 좋아한다고 상상하면 그 과목은 좋아지게 됩니다. 이렇게 상상을 하면 앞으로 어떤 과목이든 쉽게 공부할 수 있다는 것을 알게 됩니다.

지금부터 선생님이 수업을 진행하면 한 마디 한 마디에 집중합니다. 옆자리의 친구가 떠들거나 장난쳐도 한눈을 팔지 않습니다. 여러분은 똑똑한 학생입니다. 알겠지요?

학생 여러분은 똑똑해서 배우는 내용을 잘 이해합니다. 배운 내용을 머릿속에 잘 저장했다가 그때그때 꺼내 쓰면 됩니다. 스스로 복습을 하고 예습을 하면 학습 과제를 집중적으로 공부할 수 있게 됩니다. 그러면 성적 때문에 꾸지람 들을 일도 없습니다.

건망증

건망증이 있는 사람들은 기억이 잘 안 난다고 말합니다. 이것은 단지 그렇게 믿기 때문입니다. 건망증은 기억이 나지 않는다고 생각할 때만 일어납니다. 기억이 난다. 기억이 돌아올 것이라고 믿어야 합니다.

신경 발작증

신경 발작증에 시달리는 분들은 더 이상 발작이 일어나지 않을 겁니다. 만약 발작의 낌새가 있으면 항상 발작 전에 알게 될 것입니다. 제 말을 알아듣겠죠? 경고성 반응이 옵니다. 제 목소리가 머릿속에서 들릴 겁니다. 저는 번개처럼 빠르게 당신에게 말합니다.

"발작은 일어나지 않습니다. 사라집니다. 사라졌습니다!"

발작은 오기가 무섭게 사라질 것입니다.

강연을 끝맺으면서

저는 여러분에게 조언을 아끼지 않았습니다. 제 조언이 실천되기 위해서는 하루, 한 달, 일 년이 아니라 평생 동안 암시를 계속해야 합니다.

매일 기상 전이나 기상 후에 눈을 감고 스무 번씩 반복해서 암송을 합니다. 끈에 20개의 매듭을 지어 그것을 하나하나 잡고 넘기면 됩니다. (묵주를 잡고 넘기는 것처럼)

"나는 날마다 모든 면에서 점점 좋아지고 있다."

이 말을 반복하면서 특정한 것을 떠올리지 않습니다. '모든 면에서'가 모든 것에 적용되기 때문입니다. 핵심은 이 말을 할 때에 아이가 말하듯이 순수한 어조로 해야 합니다. 여기서 특히 중요한 것은 진심이 담겨야 합니다. 진심이 사라지면 효과도 없습니다. 기도를 들릴 때와 마찬가지로 '나는 날마다 모든 면에서 점점 좋아지고 있다.'라는 글귀를 마음속에 새겨 넣습니다.

여러분은 이제까지 설명과 실험을 동시에 진행했습니다. 이를 통해 마음속의 모든 생각은 현실로 나타날 때 더욱 강해진다는 사실을 알게 되었습니다.

'나는 나을 것이다.'라는 생각을 하게 되면 병은 낫습니다. 반대로 아프다는 생각을 가지게 되면 아프게 됩니다.

자기암시는 양날의 칼과 같습니다. 잘 다루면 훌륭하게 쓰이지만 잘못 다루면 불행해집니다. 지금까지 여러분은 이 무기를 무기인지도 모르면서 사용했습니다. 결국 잘되는 쪽보다 못되는 쪽으로 사용했습니다. 자신에게 나쁜 자기암시를 했다는 거죠!

하지만 제가 가르쳐 준 대로 하면 나쁜 자기암시를 막을 수 있습니다. 만일 옳지 못한 자기암시를 했다면 자신의 탓으로 돌리세요.

모든 일이 잘될 때에도 "지금은 괜찮으니까 암시를 안 해도 되겠지!"가 아니라 "약물로 치료하는 것보다 예방하는 쪽이 훨씬 더 쉽겠지!"라고 생각합니다.

지금 길바닥에 바나나 껍질이 있습니다. 당신은 그것을 보고 그냥 지나치려다가 결국 미끄러져서 다리가 부러졌습니다. 이와 반대로 당신은 그것을 보는 순간 치웠습니다.

당신은 어느쪽일까요? 바나나 껍질을 밟고 다리가 부러지든 말든 그건 눈 깜박할 사이에 벌어진 일입니다. 그런데 부러진 다리가 나으려면 얼마나 걸리지요? 암시를 쓴다고 해도 몇 주는 걸립니다. 다리가 부러지지 않았다면 고생할 이유가 없겠죠? 이처럼 암시도 예방하는 암시가 더 효과적입니다. 암시를 할 때마다 바나나 껍질을 치우는 것과 같은 마음 자세가 요구됩니다. 육체적으로나 정신적인 면에서도 그렇습니다.

치우는 것은 의식(의지)적인 것입니다. 그것을 다루는 것은 상상(무의식)인데 그것을 잘 다루면 당신에게 놀라운 일들이 성취됩니다.

이런 성취는 오직 여러분 자신에게 달린 것입니다.

12부

좋은 암시가 아이의 미래를 결정한다

에밀 쿠에의 자기암시

좋은 암시가 아이의 미래를 결정한다

아이 앞에서 질병 이야기를 하는 것은 교육상 좋지 않다. 만약 아이가 질병에 대한 이야기를 듣고 그것에 대한 나쁜 암시를 하게 된다면 아이에게는 당연히 해롭다.

사람이 규칙적인 생활을 하게 되면 몸과 마음이 건강해진다. 그러나 불규칙한 생활을 하게 되면 몸과 마음이 균형을 잃어 결국에는 건강을 해치기 쉽다. 부모라면 아이에게 항상 규칙적인 생활을 할 수 있게 도와야 한다.

아이에게는 계절에 따른 환경과 자연의 이치를 아는 아이로 길러야 한다. 환경 적응에 대한 극복과 인내를 가르쳐 주어야 한다.

도깨비 이야기나 늑대 인간 같은 무서운 이야기를 아이에게 자주 들려주는 것은 성장하는 아이에게 두려움을 줄 뿐 정서 발달에 도움이 안 된다. 성장하는 아이에게 무서운 이야기는 나쁜 영향을 주게 된다.

아이를 직접 키울 수 없는 환경에 있다면 보육자를 신중하게 선택해야 한다. 보육자는 단지 아이를 보살피고 사랑하는 것만으로 충분할 수 없다. 부모가 바라는 만큼의 소양과 자질을 갖춘 그런 적합한 사람을 선택한 후 아이의 보육을 맡기는 것이 현명하다.

성장하는 아이에게 공부와 일은 살아가는 동안 보람된 것이라고 가르친다.

가르치는 공부를 알기 쉽게 차근차근 설명해 준다. 아이가 배운 내용을 기억할 수 있도록 공부와 관련된 일화를 들려주면서 이해를 돕는다.

사람이 일생을 살아가는 동안 일이 중요하다는 것을 몸소 느낄 수 있도록 현장 체험의 기회를 마련한다. 빈둥빈둥 놀고, 먹고 하는 사람은 가치도 없고 쓸모없음을 가르치고 그런 사람은 인생의 낙오자라는 사실을 알려 준다.

일을 해야 건강하게 살 수 있고, 일을 하는 과정에서 삶의 의미와 정신적인 기쁨이 있다는 것을 가르친다.

열심히 노력을 하지 않고 게으름만 피우면 공짜를 바라게 되고, 공짜를 좋아하다 보면 쓸데없는 욕심이 생긴다. 욕심이 생기면 잘못된 쪽으로 머리를 쓰게 되고 머리를 쓰다 보면 인생이 피곤해진다. 피곤한 인생을 살다 보면 불안한 마음에 신경 쇠약에 걸린다. 결국 그런 자는 인간다운 삶을 모르고 오직 원망과 분노뿐이다.

게으른 자에게는 열정이나 만족이 없다. 그런 자들은 유혹과 방탕에 빠지기 쉽다. 따라서 게으른 자가 되지 않도록 철저히 교육을 시키는 것이 좋다.

아이에게 예의 바르고 친절한 습관을 몸에 익히도록 가르친다. 특히, 사회적 약자나 신분이 낮은 이들에게 상처가 될 만한 언행은 삼가도록 가르친다.

어른을 공경하도록 가르치고, 노약자의 육체적·정신적 결점을 흉보거나 놀리지 않도록 가르친다.

사회적 신분의 벽을 넘어 모든 인류를 사랑하도록 가르쳐야 한다. 도움이 필요한 모든 사람들에게 따뜻한 손을 내밀어 구원의 빛이 되어야 한다.

도움이 필요한 사회적 약자에게는 돈과 시간을 아끼지 말고 베풀어야 한다.

아이들에게 이런 가르침을 통해 나보다는 남을 먼저 배려하는 마음 자세를 갖도록 격려해야 한다.

이런 마음 자세로 살다 보면 이기적인 사람이 느낄 수 없는 만족할 만한 삶이 따라온다는 사실을 일깨워야 한다.

어떤 일을 진행하는 데에 있어 사전에 살피고 검토하는 합리적인 사고를 가르쳐 아이가 충동적인 행동에 빠지지 않도록 한다.

문제가 있다는 것을 알기 전까지는 설령 실수가 따른다 해도 자신이 결정한 것을 잘 따르도록 한다. 실수를 통하여 배움을 주는 것과 같은 이치이다.

'나는 성공할 것이다.' 라는 확고한 신념을 가지고 살 수 있게 가르친다. 이런 신념을 가진 사람은 반드시 성공한다.

기회가 왔을 때 기회를 놓치지 않도록 방법을 가르친다. 불가능할 것 같은 아주 작은 기회에 불과하더라도 그것을 포기해서는 안 된다.

자신을 믿지 못하면 어떤 일도 성공할 수 없다. 어떤 상상(무의식)도 그것을 들어주지 않기 때문이다. 그런 사람의 일상을 돌아보면 기회가 왔다고 해도 그 기회를 잡지 못한다. 그 많은 기회가 바다 위에 둥둥 떠다닌다 해도 그것을 잡으려는 노력은 고사하고 갈팡질팡 헤엄만 친다.

아무리 작고 사소한 것이라도 마음속에 그것을 암시하면, 그 무의식에 영향을 주어 반드시 자신이 원하는 성공을 하게 된다.

성공을 가르치려면 성공 사례를 들어 아이가 그것을 쉽게 암시할 수 있도록 도와야 한다. 아이의 암시를 구체화할 수 있도록 본보기를 보여 주면 아이는 그렇게 된다.

아이가 글을 읽고 쓸 줄 알면, 아침저녁으로 아래와 같은 글귀를 스무 번씩 반복해서 암송하게 한다.

"나는 날마다 모든 면에서 점점 좋아지고 있다."

이 글귀는 아이에게 육체와 정신을 건강하게 만들어 줄 것이다.

다음과 같은 암시법은 아이의 나쁜 점을 고쳐 바른 인성을 갖추는 데 도움이 된다.

아이가 잠자리에 들면 조용히 아이의 방으로 들어간다. 침대에서 1~2m 정도 떨어진 곳에 선다. 그런 다음, 나직하고 부드러운 목소리로 아이에게 암시를 한다.

예컨대 부모가 목표로 하는 공부, 건강, 정신적인 면에서 도움이 될 만한 말을 스무 번씩 반복해서 암송한다. 그런 다음 아이가 깨지 않도록 조용히 방을 나선다. 이런 암시법은 아이에게 좋은 영향을 준다.

아이가 잠이 들면 아이의 육체와 의식은 활동을 멈추고 휴식에 들어간다. 이때 의식은 휴식을 취하지만 무의식은 잠들지 않고 깨어 있다. 깨어 있는 무의식은 부모의 말을 듣게 된다. 무의식은 순순히 부모가 말한 것들을 모두 받아들인다.

그런 부모 밑에서 자란 아이는 부모가 원하는 품성을 마음에 담고 성장한다. 이런 암시법은 아이의 단점을 바로잡아 좋은 장점으로 작용하기 때문에 좋은 결과를 예측할 수 있다.

교사들도 매일 아침 등교하는 학생들에게 사랑의 암시를 전하면 좋습니다.

수업이 시작되기 전, 두 눈을 지그시 감게 한 다음 이런 말을 합니다.

"누구를 만나든 항상 친절하게 대해라. 부모님의 말씀을 잘 새겨들어라. 만일 윗사람이 일을 시키거나 충고를 하면 불만을 들어내거나 귀찮아하지 마라. 자신을 위한 말이니 고맙게 생각하라. 충고는 자신을 위한 것이다. 내가 알지 못하는 것을 일깨워 주는 것이니 고마움을 전해야 한다.

수업을 받는 일은 즐겁다. 배운 것을 암기하는 것도 즐겁다. 지금까지 지겨웠던 과목도 흥미롭게 느껴진다.

모든 수업을 집중해서 들을 것이다. 친구들과 수업 시간에는 장난을 치지 않는다. 잘못된 행동은 스스로 고쳐 나간다.

지적 능력이 뛰어난 너희들은 모든 것을 쉽게 배우고 익힐 것이다. 배운 것을 머릿속에 저장해 두었다가 필요한 만큼 유용하게 쓸 수 있게 된다. 집에서도 예습과 복습을 충실히 하니 시험 성적도 오른다."

이 말이 진심으로 전해질 때, 제자들은 훗날 육체적·정신적으로 큰 인물이 되어 있을 것은 자명하다.

13부

삶을 위한 긍정적 암시법

에밀 쿠에의 자기암시

삶을 위한 긍정적인 암시법

⌛

좋은 생각과 나쁜 생각은 모두 현실로 드러난다. 구체적인 실화가 된다.

⌛

혹시나 병에 걸릴지도 모른다는 생각을 하지 마라. 이런 생각을 가지고 산다면 없는 병도 생긴다.

⌛

자신을 만드는 것은 환경이 아니다. 그것을 극복하는 마음가짐이 중요하다. 상상(무의식)은 다루기 나름이다.

⌛

당신은 당신이 원하는 것을 굳게 믿어라. 이치에 맞는 것이라면 반드시 이루어진다.

⌛

어차피 해야 할 일이라면 쉽게 생각해라. 그러면 어느새 불만은 사라지고 일에 능률이 오른다.

⌛

일이 어렵다고 생각하면 생각하는 만큼 불만이 생긴다. 그 불만의 힘은 자신을 더 힘들게 만든다.

⌛

성공을 의심하면 시작부터 성공을 할 수 없다. 자기의 일을 성취할 수 없다는 말이다. 그런 사람은 기본 능력조차도 없는 사람이다. 그런 사람은 성공을 손에 쥐어 주어도 불가능하다고 말하는 사람이다. 그러니 기회가 아무리 많이 찾아와도 기회조차 얻지 못하는 것은 당연하다. 그런 사람은 운명을 탓하기에 앞서 자신을 탓하라.

⌛

잘 모르는 것을 두고 따지지 마라. 자신을 바보로 만들 뿐이다. 불가사의한 일도 알고 보면 자연의 법칙에 따라 일어난다.

⌛

상상도 못할 일이 벌어지는 것도 그 속에 비밀이 있다. 그 상상 못할 기적 같은 것도 비밀이 밝혀지는 날, 세상 어디에도 기적은 없다고 믿는다.

⌛

자기암시는 확신이 필요하다. 마음을 비운 상태에서 원하는 것을 실행하면 된다. 자기암시가 뜻대로 되지 않는 것은 의지(의식)에 집착하기 때문이다. 자기암시는 고삐와 같아서 그 고삐를 잡고 말을 달려야 원하는 것을 얻을 수 있다.

⌛

피시술자는 시술자의 암시에 신뢰를 가져야 한다. 신뢰는 다른 여러 가지 방법으로 효과를 보지 못했던 피시술자에게 좋은 결과를 낳게 한다.

⌛

자기 통제 방법은 쉽다. 모든 것을 떠나 '그렇게 된다'라는 확신만 있으면 충분하다. 손이 떨리고 비틀걸음을 하게 되면 곧 괜찮아질 거라고 자신에게 말하라. 그러면 이내 증상이 사라진다. 믿는 사람은 남이 아니라 바로 자신이다.

⌛

확신을 가져야 한다. 자신을 치료할 수 있는 힘은 당신의 마음가짐에 있다. 다만 나는 당신이 암시할 수 있도록 방법을 알려 준 것뿐이다.

⌛

의지(의식)와 상상(무의식)이 갈등을 일으키면 언제나 상상(무의식)이 이긴다. 우리는 이런 일을 자주 경험한다.

⌛

잠을 자려고 애쓴다. 이름을 기억해 내려고 애쓴다. 웃음을 참으려고 애쓴다. 장애물을 피하려고 애쓴다. 애를 쓰면 쓸수록 애쓰는 것과는 상관없이 반대의 상황을 겪게 된다. 더 잠이 안 오고, 더 이름이 기억나질 않고, 더 웃음을 참을 수 없고, 더 장애물을 피할 수 없다. 끝내 원하는 대로 되지 않는다. 의지(의식)는 할 수 있다고 생각하는데 상상(무의식)은 그렇게 할 수 없다고 거부한다. 의식을 하면 할수록 무의식은 더 문을 열지 않는다.

⌛

의지(의식)보다 더 중요한 것은 상상(무의식)이다. 의지(의식)를 훈련시켜야 한다고 말하는 것은 뭘 모르고 하는 말이다. 상상(무의식)을 조종하는 법이 더 중요하다.

⌛

'나는 성공한다.'라는 암시를 하는 사람은 성공한다. 그런 사람은 단 한 번의 기회라도 놓치지 않는다.

대머리 아저씨가 한 가닥의 머리카락에 희망을 거는 것처럼 그렇게 간절한 마음이 성공을 이끈다. 그것은 상상(무의식)이 힘을 발휘하기 때문이다.

⌛

사람들은 노력이 중요하다고 입버릇처럼 말한다. 그러나 그런 생각은 잘못된 것이다. 노력은 의지(의식)를 말한다. 대부분 의지(의식)대로 되는 일은 없다. 상상(무의식)의 고삐를 잡지 않는 한 정반대의 결과를 낳게 된다.

⌛

자기암시라는 도구도 다른 도구들처럼 다루는 법을 익혀야 한다. 아무리 좋은 총이라도 잘 다루지 못하면 비극적인 결말을 맺는다. 그러나 총을 잘 다루면 훌륭한 결과물을 얻을 수 있다. 암시도 이와 마찬가지로 잘 다루면 원하는 것을 성취할 수 있다.

⌛

자기암시를 시행한 결과가 만족하지 못했다면 두 가지 원인이 있다. 하나는 자신감이 부족했기 때문이고, 또 하나는 자신의 의지(의식)대로 노력했기 때문이다. 대부분 후자의 경우가 더 많다.

⌛

암시에 성공하려면 의식적인 노력을 버려야 한다. 노력한다는 것은 의지에 의존한다는 말이다. 의지(의식)를 떠나 오직 상상(무의식)에 맡겨야 한다.

⌛

건강에 실패했다면 자기암시로 치유하라. 말도 안 된다고 생각한다면 실패할 것이 뻔하다. 그러나 이치에 맞는 수준에서 암시를 하면 원하는 대로 건강을 되찾을 수 있다. 이때 '점점 좋아지고 있다' 라는 암시를 해라.

⌛

시술자는 암시를 위해 온갖 방법을 쓴다. 어떤 말이나 주문, 기도나 몸짓, 연출을 통하여 환자의 병이 나을 수 있도록 최선을 다한다.

⌛

일반적인 생각과 달리, 육체적인 질병이 정신적인 질병보다 훨씬 더 쉽게 치유된다. 실패를 두려워하면 실패로 이어지고, 성공한다고 상상하면 성공하게 된다. 어떤 장애에 부딪혀도 극복하게 된다.

⌛

예전에는 암시 요법이 신경증 시술에만 쓰이는 것으로만 여겨졌다. 그러나 실제로는 그 시술 영역이 광범위하다. 암시 요법은 신경계를 중심으로 작용하는데 그 신경계는 모든 장기를 지배한다.

⌛

근육은 신경계의 명령에 따른다. 신경계는 심장에 직접 관여하여 혈관 팽창과 수축을 조절한다. 즉, 모든 장기들에 영향을 끼친다.

Dr. 폴 주와르

지금까지 당신의 육체와 정신을 해치는 불건전한 생각들이 자신을 괴롭혀 왔다면, 이제부터 그런 생각들은 당신의 마음에서 모두 빠져나갑니다.